愛《め》で痴《し》れる夜の純情

鈴木あみ

白泉社花丸文庫

愛で痴れる夜の純情　もくじ

イラスト／樹要《いつきかなめ》

今から十数年前、売春防止法が廃止され、一等赤線地区が復活した。昔ながらの遊廓《ゆうかく》や高級娼館等が再建され、吉原はかつての遊里としての姿を取り戻している。

写真館の天鵞絨《びろうど》張りの長椅子《ながいす》に、一人の色子が臈《ろう》長けた姿で座っていた。

蜻蛉《かげろう》という源氏名にふさわしい透けるような白い肌に、紅い桜川の仕掛けがよく映えている。深く抜いた襟あしが艶めかしく、けれど気品を失うには至っていない。

彫刻刀で彫ったような切れ長の二重瞼に、零《こぼ》れそうな大きな黒い瞳。長い睫を伏せがちにした表情は憂いをおびて美しいが、冷たく取り澄ましてひどく高慢にも見える。下ろして後ろで緩く縛ったままの黒髪が、しなやかに肩を流れていく。

そして少し離れた壁に凭《もた》れて腕を組み、それを眺めている別の姿があった。

こちらも劣らないほどの美貌の男――色子である。

蜻蛉と対照的な茶色の髪と、やはり色素の薄い明るいアーモンド型の大きな瞳。しなやかなからだつきながら肩幅や骨格はしっかりとして、仕掛けを羽織ってもはっきり男だとわかる。だがそれが却《かえ》って、粋なあでやかさを纏《まと》わせていた。

傾き者、という言葉が一番填っていたかもしれない。

吉原の中にある、娼館御用達《ごようたし》の写真館は、今日は花降楼《はなふりろう》から来た色子や付き添いの新造《しんぞう》、禿《かむろ》たちで華やかだった。

娼妓《しょうぎ》や色子たちは、見世《みせ》の写真場や写真帳に並べる写真を撮るために、何ヵ月に一度か、仲の町の奥にあるこの加島《かしま》写真館へやって来る。

客は評判や張り見世ばかりではなく、写真見立てで敵娼《あいかた》を選ぶこともよくあり、綺蝶《きちょう》の一番の上客の一人、東院《とういん》などもそうなのだから、馬鹿にはできない。

そしてまた、それは焼き増しされ、昔の美人画や道中絵葉書のように売り買いされるものでもあった。

綺蝶と蜻蛉はともに吉原随一の男の遊廓、花降楼で双璧と謳《うた》われる傾城《けいせい》だった。

けれど綺蝶には、蜻蛉のような近寄りがたいところがない。

今も薄く笑みを浮かべて蜻蛉を眺めながら、付き添ってきた新造と気さくに喋っていた。

蜻蛉は、それをちら、と振り向く。

何をそんなに楽しげに喋っているんだろう、と思う。傍にいるのは綺蝶の部屋づきで、たしか蛍《ほたる》といっただろうか。紅い長襦袢《ながじゅばん》がようやく板についてきた、まだ幼さの残る姿をしている。

目が合うと、綺蝶は笑顔で手を振ってきた。

毎月お職を争い、犬猿の仲ともいわれる相手だ。

揶揄《からか》われたようで不愉快になり、蜻蛉は反射的にふいと顔を背ける。子供っぽい反応に、綺蝶が失笑するのが目の端に映り、いっそう腹が立った。

「はい、お疲れ様でした」

写真館の主人がカメラから顔を上げて言った。

蜻蛉は椅子から立ち上がる。数ヵ月に一度の面倒な仕事もようやく終わりだ。

「さ、終わった終わった――と」

大きく伸びをして言ったのは、蜻蛉ではなく、綺蝶だった。

「まだ時間あるし、どっか寄って帰ろっか」

その科白《せりふ》に、綺蝶の部屋付きの子たちが、わっと沸く。

(騒がしい)

蜻蛉はわずかに眉を寄せ、吐息をついた。

集団で見世から出ることは少ないので、そういうときは綺蝶はたいてい何か奢《おご》ってやることにしているようだ。廓《くるわ》では食事は出るけれども、育ち盛りの男子が満足できるほどの量ではない。

今日はたまたま遣り手の鷹村《たかむら》が他の用事あり、付き添っていないため、すっかりはめを外すつもりでいるようだった。団子がいい蕎麦がいいと騒ぎ立てる中に、酒という声まで混じる。

ふいにそんな中から、綺蝶が振り向いた。

「おまえ、どうする？」

思いがけず話を振られて、蜻蛉は少し驚いた。

あまり気は進まない。先ほど揶揄われたことでまだ少し腹が立っていたし、綺蝶や綺蝶の部屋の子たちと一緒に水茶屋か何かに入るなんて、想像するだけでも寒々しい気がする。けれど一蹴しようとしてちらりと振り向けば、自分付きの新造や禿がこちらに期待の眼差しを向けているのだった。

もとより自分が部屋の子たちに対して、綺蝶のようには面倒見がよくないという自覚はあった。可愛がりたくないというわけではなく、どうかまってやったらいいのかがわからないのだ。そのためいつのまにか蜻蛉の部屋では、新造が中心になって彼にかしづき、世話を焼いてくれるというのが定着していた。

そんな状態を揶揄《やゆ》して、綺蝶は蜻蛉のことを「お姫様」などと呼ぶ。

蜻蛉は小さくため息をついた。

「わかった、行こう」

「めずらしい」

綺蝶は口笛を吹いた。下品な、とそんな仕草に眉を顰《ひそ》めながら、蜻蛉は答える。

「しかたないだろ。みんな行きたがってるし。ここで蹴ったら、俺がよっぽど吝嗇《けち》みたいじゃないか」

「へー違うの？」

「違う!!」

「あの……すみません」

思わず声を荒げたところで、写真館の主人が二人に声をかけてきた。

「もう一枚、撮っておくように言われてるものがあるんですが」

「もう一枚？」

「ええ、ぜひお二人で」

「二人で？」

思わずはもり、綺蝶と顔を見合わせる。

ここで撮っている写真はもともと客が敵娼を選ぶための写真帳に載せるためのものだから、一人ずつでなければならない。二人で撮るというのは、それとは別に売り物として撮るということだろうか。

その予想どおり、主人は言った。

「ぜひ並べて撮ったものが欲しいと仰るお客様が、たくさんいらっしゃいますので」

そんなものが何故《なぜ》欲しいのか、蜻蛉にはわからない。色子二人の写真なんて。

へえ、と綺蝶は綺麗に弧を描いた眉をあげた。

「俺は別にかまわねーけど？」

「冗談じゃない。俺は断るからな。誰がおまえなんかと」

「ああ、そう」

その言いようにも綺蝶は機嫌を損ねたふうもなく、軽く答えた。そして主人のほうを見て、言う。

「蜻蛉は、俺と並んで見劣りすんのが怖いから嫌だって」

「な……誰がっ」

思わずかっと頬を紅潮させてしまう。けれどすぐに平静を取り繕った。いつもの挑発には、今日こそ乗らないようにするのだ。

「……言っておくけど、写真の売り上げは俺のほうが上なんだからな」

写真の売り上げ順は、月の花代——つまり売り上げの順位とは微妙に違っていることが多かった。

花降楼でも、毎月繰り広げられるお職争いでは綺蝶のほうがやや優勢だが、写真売り上げでは、蜻蛉は滅多に譲ったことはなかった。

「だったら怖がることねーじゃん。写真の一枚や二枚、撮らせてやれよ」

綺蝶は腕を引いて、蜻蛉を写真機の前に連れ戻した。

「ちょっと……俺はまだ撮るとは」

「つまんねーことでゴネてんじゃねーよ、お姫様。終わんねーだろ」

抗議を一蹴され、まだぶつぶつ言いながらも、蜻蛉はしかたなく撮らせてやることにした。確かに、ここでもめて無駄に時間をとられるのはごめんだった。

「並んで座ればいーの？　それとも立つ？」

「どちらでもいいんですが、できれば少し絡んで」

「絡みね」

するりと綺蝶の腕が腰に回ってくる。蜻蛉はびくりと身を固くした。

「未通娘《おぼこ》じゃあるまいし、もっとしなだれかかるとかすれば？　客にするみたいにさ」

「……そんなことはしない」

「へえ？　……お姫様は、客の腕でもお姫様のままなのか」

綺蝶はくすりと意地悪く笑う。想像でもしているのか、舐めるような視線で見られ、いっそ蹴飛ばしてやろうかと思う。しかし辛うじて我慢した。

そのまま引き寄せられ、すぐ近くに顔を見つめる格好になる。

（あ……目が）

やっぱり、硝子玉《がらすだま》みたいだ、と思う。色が薄くて綺麗だ。ふと――昔はよく、この瞳を覗き込んだものだった、と思い出す。

そのときふいに綺蝶が唇で笑った。

蜻蛉ははっと我に返り、じろりと睨《ね》めつけた。

「何だよ？」

綺蝶は怯《ひる》みもせずに答える。

「綺麗になったなぁ、と思ってさ。面《つら》だけは」

「悪かったな！　面だけで……！」

「いやいや。誉めてんだろーがよ」

くすりと綺蝶は笑う。

「子供の頃は可愛かったけどな――。頬っぺたなんかぷくぷくしててさ。とろくさくて、いっつも俺のあとくっついてまわってて。でもそんな話、蛍にしてやっても信じやしねーの」

では先刻《さっき》話していたのは自分の話だったのか。

やれやれと蜻蛉はため息をついた。何を今さらそんな古い、しかも人の話など持ち出さなくてもよさそうなものなのに。

蛍が信じないのも無理はない、と思う。今では綺蝶とは、顔を合わせればやり合っていて、犬猿の仲と言われるようになって久しい。

「そんな昔のこと、忘れた」

冷たく答えると、綺蝶はやや意地悪く笑った。

「でも……色気は今のほうがあるよな。ひどいことしてみたくなるっていうか……？」

そしてそう言ったかと思うと、カメラから見えない位置にあるほうの手を、蜻蛉の仕掛けの中にすべり込ませてきたのだった。

するりと尻を撫《な》でてくる。それどころかやわらかい肉をてのひらに掴みさえした。

「……っ」

ぞくりと痺《しび》れのようなものが走り、蜻蛉はかーっと顔が熱くなった。

「な、何するんだよっ!!」

反射的に怒《ど》鳴《な》って、綺蝶の頬を平手打ちする。

冗談ではない。同じ見世の同僚に対してすることとも思えなかった。

(やってられない)

踵を返し、憤然と扉に向かって歩き出す。

「待てよ、おい」

どこかのんびりとした声が追ってくるのも無視して、二階のスタジオを出た。階段を降り、写真館を飛び出す。

人通りの少ない昼間の遊里を、前だけを見て歩いた。一人ででも見世へ戻るつもりだった。

けれど数メートルも歩かないうちに、蜻蛉はふいに腕を摑まれた。

「放せよっ……‼」

写真館から綺蝶か誰かが追ってきたのかと思った。しかしそうではなかった。腕を摑んだのは、すぐ脇の狭い路地から出てきた柄の悪い見知らぬ男だった。

顔を見てそのことに気づいた瞬間には、既に路地裏に連れ込まれていた。

「放せよっ、……！」

ごつごつした大きな手で口を押さえられ、そのまま二人がかりで引きずられる。路地の出口に黒塗りの車が停めてあるのが見えた。あれに連れ込まれたらお終《しま》いだと思った。男の手に噛みつき、逃げだそうとする。

そのときだった。

「綺蝶……‼」

追いついてきた綺蝶が、塀から飛び降りざま、男の頭に蹴りを入れたのだった。振袖がひらひらと蝶の羽のように翻る。

片方の男が手を解き、頭を抑えて倒れた。

綺蝶は続いて、殴りかかってきたもう一人を屈《かが》んで避け、鳩尾《みぞおち》に肘を突っ込む。どこか場慣れさえ感じさせる、敏捷《びんしょう》な動きだった。

「逃げろ！」

蜻蛉の手を引き、走り出す。

けれど動きにくい着物姿では、起きあがった男にすぐに追いつかれてしまう。

「綺蝶っ……！」

袂《たもと》を摑まれ、蜻蛉は叫んだ。袖が引きちぎれ、悲鳴のような音が響く。蜻蛉は地面に転んだ。

「蜻蛉っ」

綺蝶は背中に蜻蛉をかばうように前に立つ。

「先に逃げろ！」

「でも……」

「いいから早く！　人呼んで来い……！」

再びかかってきた男たちと殴り合いになる。

そのときだった。車から第三の男が現れたのだ。男は木刀を手にしていた。それを思いきり振り上げ、躊躇《ためら》いもなく綺蝶に向けて振り下ろす。

「綺蝶……!!」

「ぐっ……」

綺蝶は低く呻《うめ》き、うずくまった。

男が笑いながら、とどめを刺そうと綺蝶に近づく。

だが、男はとどめを刺すことはできなかった。男がすぐ傍まで来た瞬間、綺蝶は足許の砂を摑むと、目潰しに投げつけたのだ。怯んだ隙に体当たりを食らわせる。男はどさりと地面に転がった。

騒ぎを聞きつけ、ようやく人々が路地を覗き込みはじめた。

男たちもそのことに気づいたようだった。彼らは舌打ちし、起きあがって車へ逃げ込もうとする。野次馬の何人かが、それを追った。

「綺蝶……!!」

倒れたままの綺蝶に、蜻蛉は夢中で駆け寄った。

ひどい怪我《けが》を負ったのではないか。命にかかわることでもあったらどうしようと思う。こんな目にあってまで、どうして綺蝶は自分をたすけてくれたのだろう。昔ならともかく、どうして今?

ぐったりした綺蝶のからだを抱き起こすと、振袖が蝶の羽のように広がった。

【1】

初めて着物を着せられるあいだ、尚《しよう》は人形のようにされるがままになっていた。

シャツの釦《ぼたん》を外され、肌をあらわにされる。寒さと屈辱に鳥肌が立つ。けれどもう抗ってもどうにもならないのだ。

そんな尚のようすもまるで目に入らないかのように、遣り手はズボンを脱がせ、下着まで取り去ってしまう。表情ひとつ変えないのがかえって不気味だった。

一糸纏《まと》わぬ姿になれば、風呂に入れられ、隅々まで磨き込まれた。

そしてそれが終われば、もう年季が明けるまで洋服を着ることはない。

蹴出しを巻かれ、薄い白の長襦袢《ながじゆばん》を着せられる。その上から、桜色の木綿の着物。これがこの見世《みせ》での禿《かむろ》のお仕着せである。

花降楼《はなふりろう》に売られてきたこのとき、尚は十二歳だった。

女衒《ぜげん》に連れられて吉原大門をくぐると、こちら側には、向こう側とはまるで別の世界が広がっていた。

通りには遊廓《ゆうかく》や高級娼館ばかりが建ち並び、歩いているのはみな娼婦か客、そしてその周辺で商売をしている者たちばかりなのだろう。昼間から、どこか淫らに着物を着崩して見えた。

そんな遊里の中でも、花降楼は随一の大きな廓《くるわ》だった。

ある金持ちが、戦前の遊廓をモデルに、道楽半分事業半分でつくった見世だという。

囲われている娼妓《しょうぎ》や娼妓見習いは、あわせて三十人以上。ここでは、花魁《おいらん》は傾城《けいせい》、娼妓は色子と呼ばれていると説明された。他に廓内を取り仕切る遣り手や下働きの者など、すべてが男ばかりで構成される男の遊廓である。

（こんなものがあるなんて）

料亭風の、金をかけた立派なつくりの建物。

けれど至るところに使われた紅殻《べんがら》塗りや、紅い襖紙《ふすまがみ》の下品さに、尚は眉をひそめずにはいられない。つい昨日まで暮らしていた家の落ち着いた佇《たたず》まいとは、天と地ほどの開きがあった。

あの屋敷を人手に渡さないために、尚は廓へ売られたのだ。

――子供のうちから女子に関心を持つなどということは、不良のすることです

祖母はよくそう言ったものだった。

学業から箸の上げ下ろしにいたるまで、戦前生まれの祖母の躾《しつけ》は厳しかったが、ことに

性については極端だった。淫らなのは悪いことだと何度言われたか知れない。――それなのに。

（いざとなったら、こんなところに俺を売る）

家の体面を守ることが、祖母には孫よりも何よりも大切だったのだ。薄々わかっていたこととはいえ、尚は改めて思い知らされていた。

女衒の手で楼主に引きあわされ、身体中くまなく調べられた。

情けなくて涙が出そうだったが、泣かなかった。廓へ売られると決まったとき散々泣いて、もう二度と泣かないと決めたからだ。

そして尚は楼主から遣り手へと引き渡された。

遣り手とは、廓のさまざまな実務を取り仕切り、色子や禿たちの世話や教育をする者のことだ。廓内で大きな権限を持っているという。

普通の女の遊郭では女郎上がりの女が勤めることが多いというが、花降楼では遣り手も男だった。

この男も、男娼上がりだったりするのだろうか。下世話な仕事に似合わない、書生がそのまま三十代になった風の男は、鷹村《たかむら》といった。

この男に着替えさせられたあと、尚は禿――色子見習いたちが起居する部屋へ連れて行かれた。

「ここが今日から、おまえの寝起きするところです」

そう言われ、尚は部屋の中を見回した。

十二畳ほどの雑然とした大きな和室には、いくつもの鏡台と長櫃《ながびつ》、畳んだ布団《ふとん》が並び、尚が着せられたのと同じ桜色の着物を着た少年たちが、何人か集まっていた。年の頃は、十歳から十五、六といったところだろうか。

尚が姿を現すと、彼らは一斉に視線を向けてきた。

――新入り？

――新入りだな
――綺麗な子じゃん？

――でもお高く留まってる感じ
ざわざわと囁《ささや》き交わす。

値踏みされるような不快さに、尚はつんと顎をあげて対抗する。

背中で、今閉めたばかりの襖が勢いよく開いたのは、そのときだった。

「新しい妓が入ったんだって？」

反射的に、尚は振り向いた。

（女の子……？）

男の廓に少女がいるはずはないのに、一瞬そう思ってしまった。

飛び込んできたのは、やはり尚たちと同じ桜色の着物を着た、同じ年頃の子供だった。目線はやや上になる。少し伸ばした茶色の髪、猫のようなアーモンド型の大きな目。生き生きとした表情の、華やかな姿だ。この幼さでこれなら、先は物凄い美人になるだろう。他人の容姿になどこれまで興味を持ったことはなかったが、いつのまにかじっとその顔を見つめていた。

そのことに気づいて、はっと尚は視線を逸《そ》らした。

「廊下は走らないように、いつも言っているでしょう。それに、また髪も結わないで」

「後で結うって」

鷹村が小言を言うのも、彼は笑ってとりあわない。ややハスキーな声は、声変わりの途中なのだろうか。確かに少年のものだった。

「へえ……可愛いじゃん」

彼は尚を眺め、微《かす》かに目を細めた。

「きっと凄い美人になるだろうな。――引っ込みなんだろ？」

科白《せりふ》の後半は、鷹村に向けたものだった。

年端も行かない禿の身でありながら、彼らを監督する立場にある遣り手の鷹村に対して、どこか高飛車というか、馴れ合っているような雰囲気《ふんいき》が言葉の端々から伺えた。

「そうなるでしょうね。あなたと同じですよ」

「引っ込み……？」

何か不愉快な感じを抱きながらも思わず聞き返すと、彼は言った。

「引っ込み禿って言ってね、簡単に言えば将来有望ってこと」

数歩、近寄ってくる。

尚は思わず後ずさろうとしたが、相手のほうが早かった。彼は、ふいに腰を屈《かが》めたかと思うと、尚の着物の裾をぴらりと捲ったのだ。

尚は反射的に布を押さえた。

「な……っ何するんだよっ……！」

本能的な身の危険は感じたものの、そんなことをされるとは思ってもいなくて、頭の中が真っ白になっていた。

「やっぱついてんのか」

彼は首を軽く傾げ、悪びれもせずにっこりと笑った。

「あんまり可愛いから女の子かと思った」

「きさま……!!」

羞恥《しゅうち》か怒りか、かあっと顔に血が昇った。そっくりそのまま相手に返してやりたかった。自分のほうがよっぽど女の子みたいな顔をしているくせに。

思わず彼の胸倉に掴みかかろうとする。けれどそれをあっさりとかわされ、尚は畳に転がった。

「ああ、悪い悪い。顔、怪我《けが》しなかった？」

悪びれもせず、彼は言った。へらへらとした笑みが、いっそう尚の怒りを煽《あお》る。

「男なら見られたぐらいで怒んなよ。どうせソコで商売するんじゃねーか、っと……！」

尚は目の前にあった相手の足首を摑み、思い切り引っ張った。ふいを突かれ、こんどは彼が畳に沈んだ。

「この……やりやがったな……！」

相手はすぐに起き上がり、摑み掛かってくる。そのまま殴り合いになった。

「やめなさい、二人とも……！」

鷹村の叱《しか》りつける声が聞こえたけれど、言うことを聞く気になどならなかった。

他の禿たちは面白がって囃《はや》し立てる。

厳しく行儀を躾けられてきた尚には、取っ組み合いの喧嘩《けんか》など初めてのことだった。反対に相手はかなり喧嘩慣れしている感じだったが、死に物狂いで戦った。手を振り回し、脚をばたつかせる。

本来なら対等にやりあえるはずのない相手にそれなりに食い下がれたのは、それだけ夢中だったからだろうか。

身売りさせられるやるせなさ、憤りを、尚は彼にぶつけていたのかもしれない。

「いい加減にしなさい‼　誰か……！」

結局、鷹村に呼ばれてきた番頭たちに力ずくで引き離されるまで、殴り合いは続いた。梳《す》いたばかりの髪も、着付けられたばかりの着物もぼろぼろに乱したまま座り込み、睨み合う。はあはあと肩を喘《あえ》がせる。

先に起き上がったのは、相手のほうだった。

手を差し伸べてくるのを、ふいと顔を逸らして拒む。相手が軽く肩を竦めるのが、目の端に映った。

「――なあ」

着物の埃を払い、乱れを直しながら、鷹村を振り向いた。

「こいつの寝床って、ここ？」

「ええ、それが？」

「こんな入り口んとこじゃなくて、あっちに移してやれよ」

あっち、と彼が顎で指したのは一番奥の、中庭に面した窓際の場所だった。

またざわざわと周りの禿たちがざわめく。

「最初から奥……ですか？」

「いいだろう？　別に。空いたところなんだし、どうせ引っ込みになるんだったら」

彼と鷹村の会話は、尚にはあまり理解できなかった。

二人でわかりあっているような会話が、ひどく不快だった。彼の態度はどこか艶めいていて、鷹村と狎《な》れ合っているように見えた。——どんなに綺麗な見た目をしていても——いや、しているからこそ、か。この少年もいずれ娼妓になる男なのだと尚は思う。

「こいつ、お職になるぜ、きっと」

「お職……？」

その言葉がわからずに聞き返せば、彼は少し皮肉っぽい目で微笑《わら》う。

「一番の売れっ妓ってことさ」

鷹村は軽くため息をついた。けれど、それで話はついたらしい。自分のことなのに、自分自身の意見はまるで関係なく進められていく。

彼はまた尚に視線を戻した。

「俺は綺蝶《きちょう》。おまえは？」

答える気にもなれずに、じっと睨みあげる。

「名前も言えねーって？」

いい根性してるじゃねーか、と言外に滲《にじ》ませて、綺蝶は唇に意地の悪い笑みを浮かべる。もう一度、軽く顎で促される。

「……し……」

尚は思わず本名を答えそうになり、唇を閉じた。元の名前は、ここでは使ってはならないのだ。

そしてそれ以上に、こんなところで本当の名前を口にしたくなかった。綺蝶というこの少年だって、本名は言わなかった。

「……蜻蛉《かげろう》」

尚はつい先刻《さっき》、楼主に付けられたばかりの源氏名を、初めて自ら名乗った。


「捕まえろ……!!」

板場のほうで怒鳴《どな》り声が聞こえ、続いて階段を駆け上がるばたばたという足音が近づいてきた。

禿部屋で髪を梳いていた蜻蛉は手を止め、何ごとかと顔を上げる。

その途端、襖が開き、綺蝶が飛び込んできた。

蜻蛉は一瞬絶句する。綺蝶は口に、鯵のフライをくわえていたからだ。厨房から盗んできたらしい。

「おま……野良猫みたいに……っ」

呆れて声をあげるが、綺蝶は聞いていない。ぴしゃりと背中で襖を閉めると、部屋の中を突っ切ってくる。そして蜻蛉の長櫃《ながびつ》を開けると、中へ飛び込んだ。

「ちょっ……」

いくら来たばかりの蜻蛉の長櫃はまだほとんど空とはいっても、他人の持ち物の中に勝手に隠れるなんて冗談じゃなかった。けれど抗議しようとする蜻蛉に、綺蝶は唇に指をあて、黙ってろ、と片目を閉じる。

「何がシッだよ、おい……！」

そんな口止めになど協力するとでも思っているのか。

けれど抗議も聞かずに、綺蝶はさっさと蓋を閉めてしまった。

直後、襖が開き、鷹村が姿を現した。

「誰か逃げ込んで来ませんでしたか」

彼は部屋を見回し、聞いてきた。

「……。……別に誰も」

一瞬、迷ったけれども、蜻蛉は結局そう答えていた。

かばってやらなければならない義理などない。突きだしてやろうかとよっぽど思ったのだけれど。

たぶん性懲《しようこ》りもなく盗み食いなどして叱られる綺蝶も綺蝶だと思うが、鷹村のことも嫌いだからだろう。何故《なぜ》だかよくわからないけれど、最初に会った日から好きになれなかった。決して綺蝶のためというわけではなくて。

「本当ですね」

「疑うんなら調べればいいだろ」

鷹村が部屋の中に踏み込んでくる。押入れの襖を開け、中庭に面した障子を開ける。障子の外は出窓風の濡《ぬ》れ縁になっていて、雨戸の陰に隠れてしまえばちょっと見にはわからない。

だが、当然ながらそこにも誰の姿も見つけられず、鷹村は疑わしげな目をしながら引き返してくる。

その視線が、ふと蜻蛉の足許にとまった。

蜻蛉もそれにつられるように目を向けて、あっと声をあげそうになった。畳に天かすの欠片《かけら》が落ちていたのだ。

顔を上げれば、鷹村が蔑《さげす》むように蜻蛉を見下ろしている。

「鯵を盗ったのはあなたですか」

「違……っ!!　これは、き……っ」

「き？」

魚を盗んだのは自分ではなく綺蝶だと口にしようとして、蜻蛉はつい、口を噤《つぐ》んだ。ここで正直に話したら、綺蝶が来たことがわかってしまう。――いや、それで彼が叱られても自業自得なのだが。

「き……昨日のフライのが落ちてたんだと……」

「昨日は煮物でしたが」

「……」

そうだった。しまった、と思ったが、他に言い訳を思いつけるわけでもない。

「あなたが厨房からつまみ食いなんかするとは」

「俺じゃない……！」

呆れたように言う鷹村に、蜻蛉は声をあげる。

「では誰かをかばっているということですか？」

「え」

反射的に首を横に振ったけれども、鷹村はお見通しという顔でため息をついた。

「ではそういうことにしておきましょう。ただし、罰として今日の夕食は抜きですからね」

「え⁉　ちょっ……」

思わず蜻蛉が抗議しかけたときには、鷹村は既に襖を閉めて立ち去っていた。何もかもわかっていて蜻蛉に罰をあたえたのだ。二度とかばうな、ということでもあるだろうが、単なる嫌がらせのようにも思える。

「……出てこいよ」

怒りを秘めて低く呼ぶと、綺蝶が長押の蓋を押し上げて、顔を出した。

「さーんきゅ」

悪びれもせずにっこり笑う。

「ったく、食べ盛りなんだからちょっとはおおめに見ろっての。食餌制限なんかしやがってさ。な？」

そしてそんなことを言いながら、長押から出てきた。

「な、じゃないだろ!! なんだって俺がこんな目にあわなきゃなんないんだよ!?」

「悪かったって。用あったからついでと思ってさ」

少しも悪いと思っていなさそうな顔で綺蝶は言う。

「用？ 何の」

「何だっけ？」

その答えを聞いて、蜻蛉はため息をついた。

初対面のとき以来、何かと絡んでくる綺蝶に対して、蜻蛉はもてあまし気味だった。どう対応したらいいのかよくわからなかった。

「ま、いーじゃん」

本当に忘れたのか、最初から用なんかなかったのか、綺蝶は軽く答える。そして食べ残した鰺のしっぽを、蜻蛉の目の前で、ほらほらと振って見せた。

「食う？」

「バカにしてんのか」

ぷい、と顔を逸らすと、ははは綺蝶は笑い、しっぽを窓の外へ投げ捨てた。

蜻蛉はまたため息をついた。

廓では日に三度の食事は出るが、その量は育ち盛りの少年たちに満足とはいえない。娼妓にまで金をかけていられないということもあるだろうが、それよりもむしろ大きな理由は、あまり育ったり、太ったりしては色子として使い物にならなくなるからだろう。

だから食事が少ないのには同意するとしても、厨房から常習的につまみ食いしてしまうというのは蜻蛉の理解を超えていた。

けれど呆れながらも、濡れ縁に軽く腰掛けて油のついた指を舐める綺蝶の姿は、もともと猫科の容姿をしているせいもあるのだろう、まるで猫が顔でも洗っているようで、どこか憎めないというか和《なご》む姿ではあるのだった。

そんな綺蝶を横目に、蜻蛉は鏡台へ向かった。

そろそろ結うように言われ、髪を纏めてみようとしていた途中だったのだ。

昼間は禿ばかりを集めた勉強の時間があったり、傾城に用を言いつけられたり何かと忙しくはあるけれども、何もなければ自由な時間もそれなりに持つことができた。

蜻蛉は禿として、お職の傾城、玉芙蓉《たまふよう》の部屋づきになっていた。

お職、というのは、その廓で先月の花代、つまり売り上げが一番だった色子のことを呼ぶ。

廓へ来てしばらくたつと、いろいろな知識が蜻蛉にもついてきていた。

――こいつ、お職になるぜ、きっと

綺蝶があのとき言っていたのは、蜻蛉が将来はそうなるという予言だったのだろうか。そして禿部屋の奥の場所を蜻蛉に、と言ったのも。

――どうせ引っ込みになるんだったら

色子たちのようにはっきりしたものではないが、禿にも将来性や入楼順、年齢などによって、寝床の位置に序列のようなものがあるらしい。前の子が新造《しんぞう》になって空いた奥の場所は、将来お職を張れると期待される、引っ込み禿のための場所なのだ。

(別にお職になんか、なりたくもないけど)

花代が多いということは、それだけたくさんの男に身を売ったということでもある。喜べるようなこととは思えなかった。

蜻蛉の意思とは関係なく決められたその場所を妬《ねた》まれて、嫌味を言われたり他の妓に譲れといわれたりしても、蜻蛉は相手にしなかった。さして立派でもない雑居部屋で場所を取り合うなど、ばかばかしいとしか思えなかった。

「どうでもいいなら譲ってやりゃあいいのに、それもしないじゃやん、おまえ」

と、綺蝶は言う。

いつのまにか姿を消したと思ったら、手を洗いに行っていただけだったらしい。手を拭きながら戻ってきて、畳に頬杖をついて転がりながら、蜻蛉が髪を結うのを眺めている。

「奥のほうがわずらわしくなくていい。俺に割り当てられた場所なのに、なんで譲らなきゃならない？」

すぐ落ちてくる髪と戦いながら、蜻蛉は答える。かまってくる綺蝶への嫌味も暗に含んでいたつもりだったが、綺蝶は聞いていない。

「最初見たときからそうじゃねーかとは思ってたけど、おまえ、けっこう負けず嫌いだよな」

鏡に映る綺蝶を、蜻蛉は憮然《ぶぜん》と睨んだ。

「……おまえにだけは言われたくない」

「なぁ、さっきから見てるんだけどさ」

そんな視線もまるで無視して、綺蝶は気まぐれに別のことを言い出す。

「不器用だな」

「！　悪かったな……!!」

思わず蜻蛉は声を荒げかけた。その瞬間、ようやくそれでも纏まりかかっていた髪がばらばらと解ける。

「ああ、もう、ちょっと黙ってろよ!!」

「結ってやろっか？」

怒鳴ってもまるで怯《ひる》まずに、綺蝶はへらへらと笑っている。蜻蛉はますます憮然とした。

「……別にいい」

「遠慮すんなよ」

「いいって言ってるだろ。他人の世話より自分のを結ったらどうだよ」

鷹村に再三言われているにもかかわらず、今日も綺蝶は髪を下ろしたままにしている。

「じゃあ結いっこっていうのは？」

もう馬鹿馬鹿しくて、蜻蛉は答えもしなかった。鏡に向かってもう一度髪を梳かし、最初から結いなおそうとする。

その手から、ふいに櫛が奪われた。

「あ、こら……！」

綺蝶が櫛を取り上げたのだ。そしてそのまま梳かしはじめる。

「いいって言っただろ……！」

「いいからやらせろって！　見ちゃいらんねー」

思わず振り返ろうとした途端、髪を思い切り引っ張られた。

「……っ」

蜻蛉は呻《うめ》き、髪を人質にとられて仕方なくまた前を向かされてしまう。

鏡の中では、綺蝶がにやにやと笑っていた。

別にそれほど極端に不器用というわけじゃないと、自分では思うのだ。ただ慣れないのと、まだ伸びきらない髪が酷《ひど》く纏めにくいだけで。

「ほんと、綺麗な髪、してるよな。脱色とかしたことないだろ」

「当たり前だ」

「まっすぐで、性がいいっての？　腰があって縺《もつ》れないし。だからかえって結いにくいんだろうけど」

髪を梳かしながら、綺蝶は言う。勝手なことを、と思いながら、そうやってさわられるのは、不思議《ふしぎ》と気持ちがよかった。

「ほんとは最初に手をちょっと濡らしとくと楽なんだけどさ。整髪料つかえばもっとだけど、もったいないよな。せっかくの髪だから。……これ、伸ばすともっと綺麗になるぜ。きっと」

「……」

綺蝶が妙に素直に褒めるから、なんだか気恥ずかしくて言い返す言葉が出てこなかった。

蜻蛉はただ憮然と黙りこむばかりだ。

鏡の中には、人形のように白く硬い顔に黒目がちな瞳ばかり目立つ自分と、染めてでもいるのか、やわらかそうな茶髪に生き生きした金茶の瞳をした綺蝶が並んで映っている。

禿の中では一、二を争う有望株といわれている二人だが、その容貌は対照的だった。

なんとなく見ているのが照れくさくて、鏡から目を逸らす。

「……あとでおまえのもやってやろうか」

「んー」

そう申し出てみたけれども、ちょっと考えて綺蝶は言った。

「やっぱいいや。おまえ下手《へた》だもん」

その答えにむかっと腹が立つ。

「悪かったな……！」

「ま、いーんじゃねーの？」

にこりと綺蝶は笑う。

「お姫様はなんにもやらなくて」

「何だよ、それ!?」

男なのに何故お姫様呼ばわりされなければならないのかわからず、蜻蛉は思わず声をあげた。

「何となくそんな感じするじゃん、おまえ」

「どこが!?」

けれど綺蝶は笑うばかりだった。そして、

「ほら、できた、と」

そう言って櫛を置く。

「ああ……!?」

鏡に視線を戻して、蜻蛉は再び声をあげた。

頭の上のほうでひとつ結びにされるはずの髪は、ちょっと目を離した隙に、二つ結びにされてしまっていたのだ。両耳の上のあたりに、ひとつずつ尻尾ができている。

「なんだよ、これ……!!」

花降楼では髪はひとつに結うのが決まりなのだ。こんなふうにされたら結う意味がない。それにまるで子供っぽいというか、バカみたいなのも気に入らなかった。

「可愛い可愛い。ウサギみてえ」

「おまえ……!!」

悪戯成功、とばかりに笑う綺蝶に、思わず摑みかかろうとする。

綺蝶は一瞬早く避け、

「あ、そうだ! 思い出した」

ふいに言い出した。

「何を!?」

適当なことを言って逃げるつもりかと蜻蛉は声を荒げる。

「何の用があってここに来たのか、だよ」

そういえば、最初そんなことを言っていた、と思い出す。綺蝶は続けた。

「さっき傾城が呼んでたぜ」

「な……さっきっていつ⁉」

思わず蜻蛉は叫んだ。

「んー。魚盗む前かな？」

「！　なんでそれを先に言わない⁉」

蜻蛉や綺蝶が付いている玉芙蓉という傾城は、しょっちゅうお職を張っているだけのことはあって確かに美しいが、性格的にはかなりきついところがあるのだ。しかも気のせいか、蜻蛉には特につらくあたる。呼ばれてすぐ行かなかったりしたらまた何を言われるか。

蜻蛉は髪を解くのも忘れて、禿部屋を飛び出した。


「……ったく、何だって俺がこんなこと……っ」

手が切れるほど冷たい水で雑巾を絞りながら、蜻蛉はぶつぶつと文句を呟《つぶや》いていた。

日常の細々としたことは禿の仕事だが、手が荒れるので、あまり水を使うようなことはさせられない。けれど今回は玉芙蓉に遅れた罰だと言われ、宴会が終わったあとの一階の座敷と廊下の掃除全部を、蜻蛉一人でさせられることになったのだ。

夕食抜きの上にこれでは、踏んだり蹴ったりだった。

しかも、

――おまえ、面白い頭をしてるじゃないか。せっかくだから今日一日そのままでいるといい

綺蝶にされた二つ結びを笑われて、そんなことまで命じられてしまった。

「まったく、あいつに関わるとろくなことがない……！」

「……って誰のこと？」

ふいに降ってきた声に顔を上げると、すぐ後ろの廊下に綺蝶が立っていた。

「怒った顔も美人だこと」

そんなことを言って笑っている綺蝶を、蜻蛉は睨みつけた。

「誰に怒ってると思ってるんだよ⁉」

「もしかして俺とか？」

「他にいないだろ⁉」

食事抜きになったのも、掃除を言いつけられたのも、そもそも綺蝶のせいなのだ。怒ら

ずにはいられなかった。

「だから手伝うって」

「手伝う⁉　ほんとは全部おまえがやったっていいくらいじゃないかっ」

「そーんなに不満なら、俺なんか匿《かくま》わなきゃよかったじゃんよ？　なんでかばってくれたの？」

「……それはっ……」

蜻蛉は答えようとして、答えられなかった。そもそも最初のとき、さっさと綺蝶を鷹村に引き渡してしまえばよかったのだ。そうすれば、掃除はともかく夕食抜きは免れることができた。なのに何故、綺蝶をかばってしまったのか。

「……もういい。あっち行けよっ。掃除の邪魔だからっ」

考えるのが嫌になって、蜻蛉はそう言って綺蝶を追い払おうとした。

「あ、そ？」

綺蝶は少し意地悪い声で返してくる。

「じゃ、お言葉に甘えて消えるわ。あとよろしくな」

そしてそう言ったかと思うと、ひらひらと手を振って、あっさり姿を消してしまった。

(最低……！　なんだよ、あいつ……‼)

自分で追い出しておきながら、蜻蛉は思いきりむかついた。

やっぱり手伝うなんて口ばっかりじゃないか。本当に悪いと思っているなら、こっちがいらないと言ったって無理にでも手伝うべきじゃないのか？

胸の中で悪態をつきながら、怒りをぶつけるようにごしごしと廊下を擦った。怒りというより、情けないような気分だった。――何か、見捨てられたみたいで。

（……なんてどうでもいいから、あんなやつ）

そう呟いたときだった。

ふいに目の前に白いものが突き出された。握り飯だった。

「綺蝶……」

視線をあげ、立っていた相手を見て呟く。

「なんだよ、これ」

「賄賂《わいろ》？」

「こ……こんなの持ってきたってもう二度と」

かばってなんかやらない、と言おうとした瞬間、ぐう、と腹が鳴った。いくら意地を張っても、蜻蛉もまた育ち盛りの子供には違いなかったのだ。

蜻蛉はかーっと赤くなる。

綺蝶はにやにやと笑って、おにぎりを蜻蛉の口許へと差し出してきた。

「手、汚れてるだろ？　食べさせてやるよ」

「……自分で食べれる」

「いいからほら、あーん」

蜻蛉は上目遣いでじっとりと綺蝶を睨みつけたけれども、目の前に突きつけられた白いご飯は美味《おい》しそうだし、綺蝶は脳天気な顔で笑っているし、だんだん意地を張り続けるのが馬鹿らしくなってきた。

ぱくりと一口食べると、おお、と綺蝶は声をあげる。

「餌付け成功ー」

「バカ」

そんなことを言う綺蝶に呆れながらも、嬉しそうな笑顔はけっこう可愛いかも、などと思ってしまった。

「あ、おべんと」

「え?」

蜻蛉が顔を上げた瞬間、綺蝶は蜻蛉の頬についた米粒をぱくりと食べていた。

やわらかい唇の感触に、蜻蛉はまたかーっと赤くなってしまう。こんなの、別になんでもない、ただ頬についたご飯粒を食べただけのこと。意味なんてないことはわかっているのに。

なのに何故こんなに赤くならなければならないのか、蜻蛉にはわからなかった。

「ん？」

綺蝶が怪訝そうに見つめてくる。蜻蛉はふいと顔を逸らした。

「機嫌なおせよ。食い終わったら手伝ってやるからさ」

「……別にいいって言ってるだろ」

「へーそお？」

綺蝶は最後の一口を蜻蛉の口に押し込むと、放り出されていた雑巾を、ぽいぽいとバケツに放り込んだ。濯《すす》いで絞り、一枚を投げてくる。そしてもう一枚を自分で廊下に広げたかと思うと、

「向こうの端まで競争！」

勝手にそう言って、雑巾を掛けはじめた。

「あ、ずる……！」

蜻蛉は反射的に後を追ってしまう。綺蝶が勝手にはじめた競争なんか、乗らなければよかったのだと思ったが、後の祭りだった。

だだだっと向こうの端までたどり着くと、

「はい、こんどはあっち！」

と折り返す。

最初から一歩先に出ている綺蝶を追って、蜻蛉は一生懸命かけた。長い廊下を、端に着

けばまた反対、と何度も繰り返し折り返す。

「ほーらすぐ終わっただろ？」

という綺蝶の声を聞いたときには、蜻蛉はくたくたになって尻餅をついていた。

「やっぱ負けず嫌いじゃん」

肩を喘がせる蜻蛉に手を差し出しながら、綺蝶はそう言って笑った。


遊廓には、「廻し」という制度がある。

一人の娼妓に客が重なったとき、自分の本部屋だけでなく廻し部屋と呼ばれる部屋にも客を待たせておいて、各部屋を渡り歩いて相手をすることをいう。

そして傾城が行けないあいだ、新造が待っている客の相手をすることを名代と言った。

その日、廻し部屋の行灯《あんどん》の油を差しに回っていた蜻蛉を、玉芙蓉が廊下で呼び止めた。

「はい……？」

手招きされ、蜻蛉は近づく。

「ちょっとおまえ、名代に入って」

「え……」

名代には普通、新造が入るもので、まだ年もいかない禿の出る幕ではないはずだった。

「あいにく今日は混んでて人が足りないんだ。酒の相手ぐらいおまえでもできるだろう」

名代は話や酒の相手をするだけで、客は名代に手を出してはならないのが廓のルールだ。たまにそれを破ろうとする者もいるが、そういう客は野暮と言われ、ときには浮気者と責められ蔑まれることになった。たとえ朝まで傾城が来られなくても、黙って同じだけの金を払って帰るのが粋とされているのである。

気は進まなかったが、そう言われて断るわけにはいかなかった。

「……はい……」

蜻蛉は油を差し終えると、言われた部屋へ向かった。

膝を突いて襖を開け、手を突いて挨拶《あいさつ》した。

「こんばんは。名代を務めさせていただく蜻蛉です。よろしくお願いいたします」

「なんだ、禿か」

少し驚いたように男は言ったが、蜻蛉を部屋に招き入れた。

「まあいい、入れ」

「失礼します」

中へ入って襖を閉める。

相手は何度か玉芙蓉のところへ登楼《あが》ったことのある若い客で、蜻蛉も見知っていた。

確かまだ大学院の学生だったと思う。そんな身分でこんな見世に来るということは、金持ちのどら息子か何かなのだろうか。蜻蛉は知らないが、身なりから見たところはそんな感じだった。金のかかった流行の服や時計などを身につけていた。

「この前の宴会のときに、隅にいた子だな」

客も蜻蛉のことを覚えていたらしく、そう言った。

「はい……」

「将来が楽しみだと思って覚えてたんだ」

蜻蛉は客の傍に座って酌をしたが、何を話したらいいかわからず、ほとんど相手の言うことを聞くばかりだった。

昔は女も買ったが、男を買ってみたら意外とよくて嵌《はま》ったこと、男は男のどこが悦《よ》いか知っていて口淫《じょうず》が上手なこと、女より中が締まるのが男のからだの悦さだということ……若いのに好色一辺倒な話題は、蜻蛉には相槌を打つのも苦痛なほどだった。

それでも耐えて聞いていると、酔いが回ってきたのか、男は蜻蛉の肩に腕を回してきた。

「ところでおまえ、いくつになる」

「……もうすぐ十三になります」

「ふうん……」

さりげなく男の腕を外そうとするが、させてもらえなかった。それどころか、

「じゃあ、そろそろ生え始める頃か。どうだ？」

どれ、見てやろう。

そんなことを言いながら、着物の裾から手を突っ込んでくるのだ。蜻蛉は身を捩《よじ》って逃げようとした。

「やめてください……！」

「何、ちょっと調べるだけだよ。おとなしくしていたらすぐに済む。どうせしばらく玉芙蓉は来ないんだろうし、それまで客を退屈させないのがおまえの役目なんだろう？」

「や……っ」

立ち上がろうとしたところを裾を掴んで引き戻され、畳に転がされる。蜻蛉はさらに逃げようとしたが、華奢《きゃしゃ》な子供の身で大人の男の力に敵うわけがなかった。

両手を一纏めに頭の上で押さえつけられ、着物の裾を捲られる。蹴出しまではだけられ、覗き込まれた。

「……っ……」

注視してくる好色な視線を感じ、嫌悪感に鳥肌が立つ。大人のくせに、年端もいかない少年のからだをそんな目で見る男の気が知れなかった。

「綺麗なものだな」

手を伸ばしてくるのを感じた瞬間、死にものぐるいで蜻蛉は暴れていた。唯一自由になる足を思い切りばたつかせる。

その足が、客の鳩尾《みぞおち》に入った。

客は蜻蛉から手を放し、激しく咳き込んだ。

部屋の襖が開いたのは、ちょうどそのときだった。

ようやく玉芙蓉がやってきたのだ。

日頃あまり仲がよくはない玉芙蓉だが、来てくれて蜻蛉はほっとした。

けれど玉芙蓉は冷ややかな目で蜻蛉を見下ろす。

「玉……」

客はまだ咳き込み、わざとらしいほど苦しげに呻きながら、玉芙蓉に訴えた。

「こ……こいつが誘ったんだ。だから俺は」

名代に手を出そうとしたということがばれれば、まずいことになる。そのための言い訳なのだろう。

だがその言いぐさに、蜻蛉は唖然とした。

「違います……!!　俺は誘ってなんか……!!」

叫びかけた言葉が途切れたのは、いきなり玉芙蓉に手首を摑まれたからだった。

玉芙蓉は恐ろしい顔をしていた。花顔が夜叉に見えた。

ぞっと竦《すく》むからだを中庭に面した廊下へ引きずり出され、端まで連れていかれる。そし

て手水《ちょうず》の石盥《いしだらい》に、蜻蛉は頭から突っ込まれた。

予測もしていなかったことに、思いきり水を飲んだ。しかも一度では終わらなかった。吐き出す暇もあたえられず、何度も引き上げられては突っ込まれる。苦しくて、殺される、と思った。

意識も混濁してきて、耳鳴りがする。首を振ることもできなくなる。

解放されたのは、そうなってようやくのことだった。

蜻蛉は廊下にうずくまり、激しく咳き込んだ。

客の言ったことのほうが嘘なのだと、おそらく玉芙蓉にもわかっていたのではないかと思うのだ。それなのに、何故こんなことをするのか。

「禿の分際で、人の客に手ぇ出すんじゃねーよ」

玉芙蓉は蜻蛉の耳に低く囁き、わかったら行け、と顎で廊下の先を示した。

蜻蛉は屈辱に震えながら、その場を逃げ出した。


情けなさと憤りでいっぱいになりながら、蜻蛉は自分の禿部屋へ駆け戻った。一人になりたかった。

けれど禿部屋には何人かの禿が集まって喋っている。

今開けた襖をすぐに閉め、蜻蛉はまた飛び出した。

一人になれるところを探して廓の中を彷徨《さまよ》う。たくさんの人間が働いている廓には、誰もいない場所などなかなか見つからなかった。

そうしてやっとたどり着いたのは、三階の夜具部屋だった。

ここなら人もいないだろうと襖を開けると、けれどそこも無人ではなかった。

「綺蝶……」

思いもしなかった先客に、思わず呟く。

ほとんどを季節はずれの布団や予備の座布団などで占められた部屋の中、綺蝶は積み上げられた綿布団を背に畳に座っていた。

「おまえ、そのかっこ……」

驚いたのはむしろ綺蝶のほうだったようだ。濡れ鼠になった蜻蛉が立っていたのだから無理もなかった。

「何でもない」

ふいと顔を背け、蜻蛉は出て行こうとする。一番弱みを見せたくない相手だった。

「待てよ」

けれどその途端裾を掴まれ、ほとんど転ぶようにして蜻蛉は尻もちをついていた。

「痛……っ何すんだよっ」

「いいから座れよ」

綺蝶は蜻蛉を傍に座らせると、這《は》っていって襖を閉めた。

そして戻ってくると、置いてあったシーツを勝手に取り、蜻蛉の頭から被せた。ごしごしと髪を拭いてくれる。

このままいるべきかどうか、蜻蛉は躊躇《ためら》った。けれどここをまた飛び出しても、他に行くところがあるわけではないのだ。

「……なんでこんなところにいるんだよ」

一人になれなかった逆恨みを込めて、聞けば、

「ここ、俺の隠れ家だし」

「隠れ家……」

勝手にそんなものをつくっているなんて、と呆れる反面、廓の中を我が物顔でひらひらしているかのように見える綺蝶にも、隠れ家などが必要なのかとも思う。

そこへ自分が入り込んでしまってよかったのだろうか。そっと綺蝶を窺っても、迷惑そうな顔はしていないように思える。第一、引き止めたのは綺蝶のほうなのだ、
蜻蛉の思いも知らず、彼は言った。

「また傾城かよ？」

「……」

蜻蛉が黙っているのを肯定と取って、ため息をつく。

「なんでやられた？」

「なんでっていうか……石盥に頭突っ込まれて……」

「……なるほど。……ってそうじゃなくて、何があったのかって話だよ。見たところ、着物のほうも乱れてるようだけど……？」

鋭く言われ、蜻蛉はようやくはっとした。

慌てて襟と裾をなおす。あの男にはだけられた着物は、走り回ったことによって余計に緩み、いかにも何かあった風に乱れていたのだった。

「客にセクハラでもされた？」

「……」

「そこを傾城に見つかって？」

「……」

「なーるほどなー」

よほど読みやすい顔をしていたのか、綺蝶が鋭すぎるのか、すっかり当てられてしまっていた。蜻蛉が答えるまでもなく、綺蝶は納得したようだった。

「……俺が誘ったわけじゃないのに……！　絶対違うって傾城だってわかってたはずなの

に、よっぽど俺のこと……っ」

　少し落ち着きかけていた怒りと情けなさがまた込み上げてきて、蜻蛉は口にした。そんなにも憎まれているかと思うと、悲しいというより悔しくなってくる。いったい自分が何をしたというのだろう。

　綺蝶はため息をついて立ち上がり、どこかから洗い張りしたままになっている禿の着物の替えを持ってきてくれた。この部屋には、いろんな不要品がしまい込まれたまま忘れられているらしい。

「ともかく着替えろよ」

　そう言ってくるのを、蜻蛉は受け取った。綺蝶に背中を向けて、濡れた着物を着替える。

「なあ、その男ってまだ若い男だろ？　院生かなんかの」

　蜻蛉は頷いた。

「やっぱりなぁ」

「え……？」

「おまえはまだ来たばっかかだから、あんま知らないだろうけど……そいつ、間夫なんだよ、傾城の」

「間夫？」

「ただの客じゃなくて、本命の彼氏ってこと。——ま、もともと相性もあるんだろうけど、おまえ憎まれてるっていうより、妬《や》かれたんだよ。」

「……」

綺蝶に言われて、蜻蛉はどう返していいかわからなかった。妬かれる、というのがまるでぴんとこなかったからだ。

「そいつ、金はそんなに持ってないから傾城が身揚がりして、他にもいろいろ貢いでるらしいぜ」

「身揚がりって？」

いちいち、まだわからないことがある。それを綺蝶が説明してくれる。

「身揚がりってのは、色子が自分で自分の揚げ代を払って客を登楼らせること。あんまり儲かんねーから、帳場は嫌がるけどな――」

「……」

そんなことまでして会いたいほど、玉芙蓉はあの男のことが好きなのだろうか。あの男が身につけていた高価なものも、玉芙蓉が貢いだものなのだろうか。

「……そういうことってあるのか」

「そういうことって？」

「客っていったって男なのに……好きになるとか……」

「そりゃああるだろ。人間同士が出会ってるんだし、やることやってんだから、情が移るってこともあるだろうしさ。いずれおまえも、客に惚れるときが来るかもよ？」

綺蝶が揶揄ってくる。

「俺はない……！」

蜻蛉には想像できなかった。たとえ美男であろうと金持ちであろうと、自分を金で買って玩具にしようとする男を好きになれるとは、とても思えなかった。

あまり強く言うのを、綺蝶は笑った。

じっとりと蜻蛉は睨む。

「おまえはあるのかよ？」

「さーねー？　先のことはわかんねーからな」

ありうる、と言わんばかりの口振りに、蜻蛉は思わず膨れ面になってしまう。綺蝶はそれを見てまた笑う。

「でも多分、ねーんじゃねーかな。仕事なんだし、俺にとっては客は客だからさ」

その科白に、蜻蛉はなんだかほっとした。

(……って、何でほっとするんだよ？)

自分でもよくわからないのだけれど。

「なーんて言いつつ、玉芙蓉みたいになったりしてな――」

「おまえ……っ」

「冗談だって」

つい本気で怒鳴ってしまいそうになる蜻蛉に、綺蝶はへらへらと言った。

「でも玉芙蓉もな——男を見る目がないっていうか、あの男はやめといたほうがいいとは、ほんとは俺も思うんだけどな——。よその見世にも何人も馴染みがいるみたいだし、名代で入った新造には必ず悪戯《いたずら》するんで有名だし。今回も、子供の禿なら大丈夫かと思って行かせたのにやっぱり手を出されて、逆上したのもあるんじゃないか？」

「……」

身揚がりしてでも来て欲しいほど玉芙蓉はあの男が好きなのに、相手のほうは他の娼妓や新造にまで好き勝手に手を出している。それは男が単に浮気者なのか、いくら売れっ妓の玉芙蓉でも所詮色子と思って軽く見ているからなのか。

意地悪な玉芙蓉がそんな男にはまるなんて、いい気味だと思うべきなのかもしれない。けれど蜻蛉はとてもそんな気持ちにはなれなかった。何故なのかを考えるとよけいに腹立たしく、頭がぐちゃぐちゃになってくる。

蜻蛉は涙ぐみそうになって、抱えた膝に顔を埋めた。

「だからって、なんで俺がこんな目にあわなきゃなんないんだよ……!!」

その肩を、綺蝶が抱き寄せてくる。

「おまえ可愛いからなあ……」

った。

「なんだよ、それ⁉」

いきなり気が抜けるような脳天気な科白を吐かれ、思わず声をあげてしまう。綺蝶は笑った。

「いやいや。こういうところでは、可愛いと嫉妬されるってこと」

蜻蛉はなんとなく照れるというか、ばつの悪い気持ちになる。じっとりと綺蝶を睨んだ。

「それを言うならおまえだって」

「可愛い？」

「バカ」

自分で言うなと一蹴するが、容姿で言えば、綺蝶のほうがよほど自分より綺麗なのではないかと蜻蛉は思うのだ。茶の髪、茶の目は色子らしくはないが、華やかで明るくて、誰よりも人の目を惹《ひ》きつける。ときどき、つい見惚《みと》れてしまうほど。

「俺はおまえより世渡り上手なんだよ」

と綺蝶は言う。

「悪かったな、世渡りが下手で」

でも確かにそうなのかもしれなかった。容姿で妬まれるのなら、綺蝶にだって十分その資格はあるはずなのだ。なのに彼は誰に苛《いじ》められることもなく、誰とでも仲良く、上手《うま》くやっているように見える。

蜻蛉は思わず深くため息をついた。

「なんでおまえ、そんなに廓に馴染んでるんだよ？」

蜻蛉には不思議でならなかった。

綺蝶は笑った。

「だって俺はここ、嫌いじゃねーもん」

その答えに、蜻蛉は目を見開いて、ついまじまじと綺蝶を見てしまった。

花降楼は、色子が男たちにからだを売るところだ。今はまだ禿だけれど、いずれは自分も綺蝶も、玉芙蓉たちと同じように、毎日違う男に身を任せるようになる。そんな場所が、綺蝶は好きだというのだろうか。

「ま、家にくらべたらマシだからさ」

「家……って」

どんな家だったのかと思わず聞きそうになり、聞いてもいいことなのだろうかと躊躇う。それにあんまりいろいろ聞いたら、まるで綺蝶に興味があるみたいじゃないか、とも思う。でも、もう興味を持ってしまっていることは否定できなかった。

察したように、綺蝶はちらっと笑った。

「親父《おやじ》はアル中だったし、すげー貧乏であばら屋に住んでたしさ。毎日殴られたし。食うものはなーんもねーし、しょっちゅう闇金が来て家ん中ひっくり返してくし、学校に逃げても給食費払ってなかったからやっぱり食えないし……でもときどきこっそりあまりもの分けてもらったりしたけどな。ここにいたらさ、とにかく食えるじゃん。殴られるってことも滅多にないしさ。天国」

飲んで子供を殴る親、あばら屋に借金取り、食うや食わずの生活……蜻蛉には想像が追いつかなかった。

蜻蛉の家は、冷たく寒々しいところだったが、食うに困ることも暴力をふるわれることもなかった。

蜻蛉は自分でもよくわからない複雑な気持ちで、眉を寄せて綺蝶を見つめていた。

給食の残り物なんかもらったら、どんなに空腹であったとしても、自分なら怒るだろう。綺蝶は、微笑っておお礼が言えたんだろうな、と思った。でもそれは多分、プライドがないからということではないのだ。

ん？　と綺蝶は問いかけるように眉を上げる。

「あ……ううん」

蜻蛉は思わず目を逸らした。

「お母さんはどうしたのかと思って……」

「死んだ。生きてるころはまだよかったんだけどな。お袋も稼ぎは悪かったけどさ。おまけにそのなけなしの稼ぎをいつも親父に剝《は》ぎ取られて」

悪いことを聞いたかも、と口ごもる蜻蛉に、気にすんな、というように綺蝶はちらと笑った。

「お母さんのほうが働いてたのか」

働くのは男の仕事、家のことは女の仕事、という古い育てられかたをした蜻蛉には、それだけでも不思議な感覚だった。

「まーね。ソープ嬢だったんだけど」

「ソープ……」

「でもあんま売れてなかったみたい。不細工だったからかな？」

「不細工だったのか……？」

この綺蝶の母親がそんなに不細工だったのかと思うと信じられなくて、つい蜻蛉は聞いてしまう。

「うん。おかめっていうの？　あのお面そっくりだった」

「……。……そうなんだ……」

家にあった木彫りの面を、蜻蛉は思い浮かべる。とても綺蝶と似たところがあるとは思われない。父親がよっぽどの美男だったのだろうか。アル中で貧乏で子供を殴る美男って、どんな？

やはり蜻蛉の中ではうまく像を結ばない。

そんな蜻蛉の様子《ようす》を見て苦笑しながら、綺蝶は続ける。

「……でもやさしくて、けっこういい女だったと俺は思うんだけどな——」

綺蝶はきっと、母親のことがとても好きだったのだろう。言葉ににじみ出るものがあった。蜻蛉は少し羨《うらや》ましかった。どちらがどう羨ましいのかは、自分でもよくわからなかったけれど。

「おまえは？」

ふいに自分のほうへ話を振られて、蜻蛉ははっとした。

「え……俺？」

「いいとこの出なんだろ？　……なんとなくわかるよ」

どうして蜻蛉の生まれなどがわかるのか、綺蝶はそんなことを言う。

「……いいとこってほどじゃないけど……」

相手の話を聞いてしまった以上、こっちも話さないわけにはいかなかった。しかたなく蜻蛉は口を開いた。

「元は旗本の家柄だったんだってさ。お祖母《ばあ》様の自慢だった」

「へえ。やっぱお姫様だったんだ」

「だからそれやめろって……！」

蜻蛉は抗議したけれども、悪びれもせず、綺蝶は続きを促してくる。

「まあいいじゃん。それから？」

「それからって……」

「元旗本のお姫様が、なんだってこんなところまで落ちてきたのかって話」

「それは……お父様が事業に失敗して」

かなりの額の借金ができてしまった。よくある話だ。違ったのは、家と蔵にある骨董や美術品などを売れば、孫を売らなくてもおそらく凌《しの》げただろうというところだ。けれど古くから伝わるものを売るのは先祖に申し訳ないと祖母は言った。

「孫より家をとったってことか」

「……まあ、お祖母様は俺のことあんまり好きじゃなかったからな」

「どうして」

「お母さんにそっくりなんだって、俺。お祖母様はお母さんのこと嫌ってたから。フリンして飛び出したインランだってさ。そうなっちゃいけない、淫らなのは一番悪いことだって、ずいぶん厳しかったんだ。ちょっと女の子から電話かかってきたりしたら、ものさしで叩かれたりして。電話っていったってただの連絡網とかなのに。……なのに……」

なのに結局は、蜻蛉を遊廓に売ったのだ。

祖母の希《のぞ》みが何だったのかは、朧《おぼろ》げには蜻蛉にもわかった。

多分祖母は、蜻蛉を追い出して、父親に自分の気に入った新しい嫁をもらい、新しいちゃんとした跡取りを手に入れたかったのだ。

事業の失敗という没落のきっかけをつくった父親に、祖母に意見を言う資格はなく、あったとしても反対してくれたかどうかはわからない。彼にとっても、逃げた女を思い出させる蜻蛉は、おそらく邪魔者だったのではないだろうか。

彼らは蜻蛉をやっかい払いできるのなら、本当はなんでもよかったのかもしれなかった。金になれば一石二鳥というところだ。

売る相手に花降楼という大店を選んだのだって、せめてもの蜻蛉のためというより、一流の見世なら秘密を厳守してくれるから、という打算に過ぎなかったのではないだろうか。体面を何より気にする祖母は、親戚や周囲には、蜻蛉のことは病気で死んだとでも話しているかもしれない。

もう、年季が明けたってどうしたって、帰るところなんてどこにもない。ひとりきりだ。

「ふーん……」

いつのまにか綺蝶は畳に寝そべり、頰杖をついて蜻蛉の顔を覗き込んでいた。

「……って、なんだってこんなこと俺が話さなくちゃいけないんだよ……！」

つい促されるままに話してしまい、蜻蛉は我に返った。急にばつが悪くなる。

「俺だって話したじゃん」

「そうだけど」

「帰るとこがないのはさ」

　起きあがりながら、綺蝶は続けた。

「みんな一緒だって」

「……おまえはお父さんが待ってるんじゃないのか」

「ないない」

「どうして」

「ないっていうか……俺、多分、親父の子じゃないからさ」

「え……」

「学校の授業で血液型調べてみてわかったんだよ。俺はOで、親父はAB……ありえねーだろ？　知ってて俺には黙ってたんだか、知らなかったんだか……知っててそれだけは口を割らなかったんだったら、ちょっと親父を見直すけどな。……そのことを知ったときは、じゃあいつか優しくて金持ちの本当の親父が、いつか俺と母さんを迎えに来てくれるかも——なんて夢も見たもんだけど」

「……。そっか……」

　それしか言えなかった。気の利いたことの一つも言えない自分が苛立《いらだ》たしかった。言葉もなく、蜻蛉は膝を抱えた。

　昔ならともかく今の時代で、帰れるような家庭の親なら、子供を廓に売ったりはしないだろう。そういう意味では、ここにいる娼妓たちは確かに皆同じようなものなのかもしれなかった。

それを汐《しお》に綺蝶は立ち上がった。

夜具部屋の一番奥に一つだけある窓のところへ行き、それを開く。そして花台に飛び乗り、蜻蛉を手招いた。

「来いよ、蜻蛉」

「ちょっ……おまえそんなところに……！」

いくら鉢の一つも置かれていないとは言っても、人が上がるところではない。

咎《とが》めながら近づくと、綺蝶は花台の枠に立ち、雨樋に手をかけていた。そのまま、ひょい、と屋根へ登ってしまう。

「綺蝶……っ!! 危ないって！」

窓から顔を出して上を見ると、けれど綺蝶は脳天気に笑いながら、屋根の上から見下ろしてくる。

「おまえも来いって。気持ちいーぜ？」

「冗談っ、降りてこい、危ないだろ……!!」

「大丈夫だって。ほら」

手をさしのべてくる。

「いいから降りろよっ」

「怖いんだ？」

そう言っていつもの意地悪い顔をするのに、かちんと来た。

蜻蛉は綺蝶の手を取った。雨樋の金具に足をかけ、引っぱり上げられるままに屋根へ登った。

その途端、目の前がぱっと開けた。

「あ……」

色街が一目で見渡せる。まだ薄青い朝靄の中に、たくさんの廓が溶け込んでいる。そして東の空が微かに赤くなっていた。

綺蝶に手を引かれるまま、屋根の上に並んで座った。

「ほら、大門の向こうが見える」

「……ほんとだ」

綺蝶が指さしたほうを見れば、遠く微かに吉原大門と、その向こうの町並み、隅田川の流れが見えた。あの門の向こうに、ついこのあいだまで住んでいた。

「……年季があけたらさ」

綺蝶は言った。

「一緒にあの門を出て行こう」

「一緒に……？」

「そ」

綺蝶と一緒にあの門を出て外へ行く……いつか？

それは蜻蛉には、夢みたいに遠い話に思われた。けれど今まで真っ暗だったこの先の人生に、小さな灯りがともったような気がした。

その日が来たら、あの門を綺蝶と一緒に出て行ける。門を出ても独りじゃなくなる。

「……でも、年季が違う」

一年先に入っている綺蝶のほうが、先に年季が明けるからだ。

「まーな。だからおまえにはがんばってもらわないと」

ゆびきり、と綺蝶は勝手に指をとる。

けれどそれを振りほどく気には、蜻蛉はなれなかった。

【2】

二人で花降楼《はなふりろう》の屋根に上がって大門を見たあの日から、蜻蛉《かげろう》は綺蝶《きちょう》といることが多くなっていた。

玉芙蓉《たまふよう》が身請けされていき、別々の傾城《けいせい》づきになってしまったけれど、暇になると蜻蛉はなんとなく綺蝶を探した。

もともと綺蝶はよく蜻蛉をかまってくる——というよりはむしろ絡んできたりしたのだったが、あれ以来は猫可愛がりといってもいいくらいだった。

毎日髪を結ってくれて、何をするにも声をかけてくれて、皆と花札などをして騒ぐときも、隣に座らせて遊び方を教えてくれる。綺蝶は人懐っこい性格のせいか、その気になればたいてい誰とでも仲良くなれるらしい。花降楼の中で綺蝶と親しくない人間など、ほとんどいないようにも思えた。

小銭を賭けた博打《ばくち》も、大勢でカードで遊ぶということも、蜻蛉にとっては生まれて初めてのことだった。綺蝶に引きずり回されることが多くなって、他の皆にも少しずつ馴染んでいった。

そんな反面、無理矢理片棒を担がされた悪戯《いたずら》で逃げ遅れて自分だけ叱《しか》られたり、腹の立つことも多かったのだけれど。

一人で逃げて助けにも来ないと文句を言うと、

――怒られてるときの顔も可愛いからさ
だからこっそり見ていたのだとか、調子のいいことを言われた。

あの夜具部屋は、いつのまにか二人の隠れ家になっていた。

鷹村《たかむら》は恐らくそれに気づいていたと思う。けれど目こぼししてくれていた。それが遣り手と引っ込み禿《かむろ》の微妙な力関係ゆえなのか、彼が綺蝶贔屓《びいき》だからなのかは、蜻蛉にはよくわからなかったけれど。

綺蝶は名代や座敷で会った客にいい顔をしてみせては心付けを弾ませ、

――ちょっと甘えたら鼻の下伸ばすんだから、ちょろいっての
そんなことを言いながら、その金で買った菓子などを持ってくる。

そして二人でその戦利品のおやつを分けあって食べながら、売れっ妓になって早くここから出て行くための研究とか、それとももっと他愛もないことを喋ったり、じゃれたりする。

そして疲れると、二匹の仔猫のようにまるくなって一緒に眠った。

「……って言ってにっこり笑って客の手を抓るのは？」

夜具部屋でごろごろしながら、綺蝶と蜻蛉とはしつこく手出しをしてこようとする客のあしらい方について喋っていた。

未通であるというのも、水揚げのとき客に大金を出してもらえる条件の一つなのだ。そうでなくなってしまえば安く買い叩かれ、そのぶん年季明けが延びてしまうことになる。もっと上手《うま》くかわせるようになるのが、他の誰でもない自分自身のためなのである。

「怒らないか？」

「だから笑顔が大事なんだよ。笑ってみな？」

と、綺蝶は言う。にこりと蜻蛉はする。

「よーしよし。可愛い可愛い」

綺蝶は頭を撫《な》でてくれる。最初は楽しくもないのに笑えるかと思い、嫌々やってみてもわざとらしくひきつっていたつくり笑いも、だいぶ板についてきていた。

「そういえばさ、菫《すみれ》に聞いたんだけど」

「うん？」

菫というのは、最近一本立ちした色子のことだ。

「相当痛くて、死ぬかもって思ったってさ」

「何が？」

「水揚げ」

どきりと心臓が音をたてる。何年も先のことだから、まだどこか他人事のようなものではあるのだが、やはり気にはなるのだった。

「で……でも、そんなに大変じゃないって言われたじゃん。たいていは慣れた人を選んでくれるから大丈夫だって……」

というのは、見世《みせ》から教えられていることだ。

「そりゃ見世はそう言うさ。でもほんとは痛ぇの。てゆーか人による。すげー大変な妓もいるってさ。だいたいそーゆーつくりにはなってねーとこに入れるんだし、血がどばどば出ちゃったりするんだよ。女で言えば、出産するぐらいには痛いかもなー」

たとえ話に背筋がぞーっと冷たくなる。綺蝶はにやにや笑って続ける。

「おまえとか泣くかも」

「な、なんで？　おまえは？」

「俺は泣かねーよ。男の子だもん」

「お……俺だって……！」

「でも華奢《きゃしゃ》だしなー。俺がせっかく餌付けしてやってんのに、全然太んねー」

「たいして変わらないじゃないか……！」

一つ違いのぶん、確かに綺蝶のほうがやや背も高いし、からだつきもしっかりしているとは思うが、大人になればきっと同じくらいになるはずだと思うのだ。そう言うと、綺蝶は笑い飛ばすけど。

でも……。

（ほんとだったらどうしよう）

人によって痛い人と痛くない人がいるとしたら……それでもって自分は凄く痛いほうだったりしたら。それはどうやったらわかるんだろう？

「じゃ、試してみる？」

ついそう口にすると、綺蝶はそう答えた。

「試す……？」

「ちょっと試しに入れてみりゃ、すーぐわかるって。手伝ってやるよ」

「入れるって何を」

「指とか？」

「……」

想像して、思わずぶんぶんと首を振る。

「あ、そ。じゃあ本番でびっくりして、ショック死したりしねーよーにな」

ショック死……‼

その言葉にまたぞーっと背中が冷たくなった。

「どうする？」

ごくりと蜻蛉は唾を飲み込む。そしてついに口にした。

「ど……どうやったらいいんだ」

「そこに四つん這《ば》いになって」

にこりと言う綺蝶に従って、敷きっぱなしの赤い褥《しとね》に、そろそろと蜻蛉は這う。なんだか綺蝶が嬉しそうなのが不思議《ふしぎ》だった。

綺蝶は蜻蛉の長襦袢《ながじゅばん》をぴらりと捲りあげる。そして小さく口笛を吹いた。

「綺麗な尻！　桃だね、こりゃ。お客様大喜び」

「ばか、じろじろ見んなっ」

両手両脚を突いたまま思わず振り返ると、綺蝶はてのひらにとろりとした液体を垂らしているところだった。

「な……何、それ」

「ハチミツ。濡《ぬ》らしとかないと辛いのは知ってるだろ」

「おまえそんなもんどっから」

「どっからだろーねー？」

上機嫌な綺蝶に、なんだか嵌《は》められたような気がした。けれどそんなことを考えることができたのも、そのときまでだった。

「ひぁッ……」

ぬるりとした冷たい感触が孔にふれ、蜻蛉は思わず身を縮めた。

「……力抜いて」

言われるまま、からだを弛緩させようとする。綺蝶は孔のまわりをぬるぬるとたどる。マッサージするみたいに。

「や……気持ちわる……」

「じっとしてろって」

身じろぐのを、綺蝶が叱る。指は入ってきそうで入ってはこない。ちょっと入り口だけ広げては離れていく。

「……っ……」

そのたびに蜻蛉は息をつめた。気持ち悪いようなむず痒《がゆ》いような、それでいて焦《じ》れったいような変な感じだった。

「そろそろいいかな」

「やっぱや……あ……ッ!!」

やっぱり嫌、と言いかけた瞬間だった。ずるっと指が挿入《はい》ってきた。

「……っ……あ……」

その強烈な感覚に、蜻蛉は喘《あえ》いだ。指一本のはずなのに、凄く大きく感じた。いっぱいに広げられてるみたいだった。

「すげーな。ぎちぎち。……ど？　痛い？」

「わ……わかんな……ッ」

声が何故《なぜ》かうわずる。凄い異物感で、下腹に力が入らない。

「じゃ、こうしたら？」

「あっ……！」

思わず背をしならせた。綺蝶が中でゆるく指を動かしたからだ。その途端、何とも言えないいやらしい感じが背筋を駆け上ってきた。

綺蝶は一度ではやめてくれなかった。きつく閉ざした中を、蜜のぬめりを借りて更に抜き差しを続ける。

「ん……んッ……ん、……っ」

蜻蛉はいつのまにか頬を布団《ふとん》に伏せ、腰だけを、まるで捧げるように高く掲げる格好になっていた。

「もう痛くないだろ。……気持ちよくなってきた？」

「……に言って……っあぁ……」

ぐちゅぐちゅという音が聞こえはじめていた。だいぶ動かしやすくなっているようだった。綺蝶は探るように中を掻《か》き回す。

「……ぁあ……ッ」

その指がふいにどこかひどく敏感などこかを掠《かす》めた気がした。蜻蛉は顎を反らし、猫のように鳴いた。

「や、そこ……っ、やめ」

辛い息の下から一生懸命言ったのに、綺蝶は少しも聞いてはくれなかった。いっそうぐちゅぐちゅとそこばかりを掻いてくる。

「あ……！」

更に大きく窄《すぼ》まりを拡げられたような圧迫感があって、蜻蛉は悲鳴をあげた。

「二本入った」

「嘘……」

「ほんと。……けっこう大丈夫みたいだな」

そんなことない、と首を振る。けれど綺蝶は全然聞いてくれなかった。

「あ……あ……、あ……っ……」

こんな声をあげるのは嫌なのに、どうしても殺すことができなかった。抉《えぐ》られるたびに、

何かどうしようもなく突き上げてくるものがあって。

「や、あ……っ、綺蝶……っ」

差し出した腰が揺れる。いつのまにか敷布をぎゅっと握り締めていた。

「あ……！」

二本の指で奥まで深く射抜かれた瞬間、蜻蛉は幼い雁首から白濁を吐きだし、褥に頽《くずお》れた。


それから少しして、蜻蛉は頭から布団を被ってまるくなっていた。

からだは終わってから綺蝶が手拭いを濡らしてきて綺麗にしてくれたけど、内股までべとべとになっていた。

「いい加減、機嫌なおせって」

綺蝶が覗き込んで掻き口説《くど》いてくる。蜻蛉はいっそう深くもぐる。怒っているというばかりではなく、ばつが悪くて顔が見られなかった。

「蜻蛉」

「……俺のこと騙したくせに」

絶対あれは「試してみる」とかそういうのじゃなかったような気がするのだ。

「騙したわけじゃねーって。ちょっと悪戯しただけじゃん」

「悪戯……!?」

思わず顔を出し、怒鳴《どな》ってしまう。

あ、出てきた、という顔を綺蝶がする。

「ま、よかったじゃん。大丈夫なことがわかってさ。最後は指三本入ってたし」

その科白《せりふ》に、蜻蛉はかーっと真っ赤になった。最後のほうは、もう何がどうなっているのか、全然わからなくなっていた。そんなに拡げられてたなんて。

蜻蛉はまた布団を引っ被る。

「あーまたもぐった。もういい加減許せって！」

「……客ともいつかこーゆーことすんのか」

ぼそりと呟《つぶや》くと、一瞬、綺蝶は黙った。

「……ま、ずーっと先の話だよ」

「……」

そう……確かに、まだ水揚げまで何年もあるのだ。今考えたって仕方のないことだ。けど、それにしても……だったら今のはいったい何だったのか？

がば、と蜻蛉は起きあがった。

「俺にもさせろよっ」

「あ？」

「だから……！　おまえのことも試してやるって言ってるんだよっ」

「俺は大丈夫だからいいって！」

「なんでわかるんだよ⁉　まさか客に」

「させてない、させてないけどさ。――あ、やべ。傾城の支度《したく》手伝う時間じゃねーか？　遅れるとまたどやされるぜ」

「綺蝶……！」

綺蝶はあからさまに話を逸《そ》らし、立ち上がった。

「行こ」

そして蜻蛉の手を摑んで引っぱり起こす。

自分だけ遊ばれて腹は立つものの、綺蝶の言うとおり確かに時間はやや過ぎてさえいて、ここで争っている場合ではなかった。

(でも後でとっちめてやるからっ)

そう思いながら、蜻蛉は綺蝶と一緒にばたばたと夜具部屋を出た。

「また怒られるかな」

玉芙蓉の後に蜻蛉が部屋に付くことになった傾城も、またかなり気の強いタイプだ。というか、表面はたとえ優しげでも、芯はそうでなければお職争いをするような売れっ妓にはなれないのだろう。

「いつものことじゃーん」

階段を駆け下り、一階の座敷へ向かいながら、綺蝶はけらけらと笑う。

「他人事だと思って……！」

「他人事だもーん」

「むかつく……！」

思わず手が出そうになったときだった。もつれあうようにして飛び出した廊下の曲がり角で、綺蝶が誰かにぶつかって立ち止まった。蜻蛉はその背中に鼻をぶつけてしまう。

綺蝶の陰から顔を覗かせると、目の前に着物を着た大店風の老人と小さな男の子が立っていた。二人と同い年くらいだろうか。

恐らくどこかの部屋の客とその孫か何かなのだろう。

妻の目をごまかすために子供や孫をつれて家を出て、そのまま遊里を訪れる――そういうことも有りだったある意味長閑《のどか》な古き吉原の名残《なごり》か、自分が自分の祖父や父に連れてこられたように、今でも気楽に自分の子や孫を見世に連れてくる客が、まれにいた。客が遊んでいるあいだは、お茶引きの色子や手の空いた新造《しんぞう》などが、遊んでやったり寝かしつけたりして子供をかまうのだ。

「すみません……！」

綺蝶は相手に言って、また歩き出す。

蜻蛉も謝り、また綺蝶の後を追いかけながら振り向くと、男の子と目が合った。


年月が過ぎるのはあっというまで、気がつけば二人とも桜色の木綿の着物を脱ぎ、紅いひらひらした正絹の着物に着替えていた。

綺蝶には禿《かむろ》時代の桜色のお仕着せより、新造の紅い絹の着物のほうがずっとよく似合った。

派手な顔立ちと相まって、目を見張るようなあでやかさだった。初めて着付けられた姿を見たときには、蜻蛉でさえぼうっと見惚《みと》れてしまったほどだった。

けれどそんな季節さえも、終わりを告げようとしている。

水揚げの日の綺蝶は、息が止まるくらい綺麗だった。

昼間から数人がかりで磨《みが》き抜かれたためか、白い肌が、今日は殊更に白くなめらかに見えた。蜻蛉でさえさわってみたくなるほどだった。いつもは下ろしてある髪は結われて、深く抜かれた襟から覗くうなじが色っぽく美しい。

骨格は十五六の頃からしっかりとしてきていて、もはや少女と見まごうということはなかったが、その分かえって艶めかしさが増したようにも思える。

新たに綺蝶にあたえられた部屋の襖《ふすま》を蜻蛉が開けたとき、綺蝶は鷹村に最後のしかけを羽織《はお》らせてもらっているところだった。朱色に蝶の柄の入った、一目で最高級とわかる絢爛豪華《けんらんごうか》なものだ。蜻蛉も反物のとき一緒に選んだ。よほどの美人でなければ着物に負けてしまうようなそれを、綺蝶は難なく着こなしていた。

綺麗で、そして近寄りがたい。——別の人、みたいで。

ぼうっと立ちつくす蜻蛉に、綺蝶は振り向いて、屈託なく笑った。

「よう」

笑顔は全然、いつもと変わらない。

「ど？　似合う？」

にこりと袖を広げて見せる。

よく似合って、とても綺麗だった。けれど何故だかどうしてもそう言いたくなくて、蜻蛉はふいと顔を逸らす。

「馬子にも衣装だな」

「可愛くねーなぁ。こーゆーときは嘘でも誉めるもんだぜ？」

「もういろんな奴から散々誉められてるんだろ」

たとえば、そこにいる鷹村とか。

「まーな」

悪びれもせず答える綺蝶に、蜻蛉は黙り込む。

そんなようすに、綺蝶はため息をついた。鷹村に目で合図をし、部屋を下がらせる。そんなしぐさは、もう一人前の傾城のように堂に入って見えた、鷹村は支度を手伝っていた禿たちをつれて、部屋から出て行った。

「なーんだよ？　俺が水揚げされるのが気に入らねー？」

二人きりになると、綺蝶は揶揄《からか》うように言った。疲れた、とばかりにしゃがみ込み、そのまま煙草《たばこ》でもふかしはじめそうな格好で見上げてくる。とても今日にも水揚げされる傾城の姿とも思えない。

「お客に妬《や》いてんだ？」

「誰がっ」

反射的に蜻蛉は叫んだ。そんなことはない、と思うのに、顔はかーっと真っ赤になってしまう。

「あ、そ？」

ニヤニヤと綺蝶は笑って覗き込んでくる。

「もういい……！」

蜻蛉は踵を返し、出ていこうとした。その途端、襦袢の裾を摑まれ、そのまま尻餅を突いてしまう。

「痛……!!　何すんだよ!?」

「まあ待てよ」

「待てよじゃないだろ……!!」

「仕事じゃん？」

腰の痛みで涙が出そうになる蜻蛉の抗議も聞き流し、綺蝶は言った。

「たいしたことじゃねーよ」

それは綺蝶が前から言っていたことだった。仕事は仕事、割り切ってやればいい、と。

蜻蛉も納得したつもりでいたのだけれど。

「帳簿つけたり、道路工事すんのと同じことなんだよ。お務めだからしょーがねーの」

後ろから肩を抱き、宥《なだ》めるように言ってくる。まるで口説いてでもいるみたいだった。

これではどっちが水揚げされるんだか、わからないほどだった。

「……だから客と何したって妬くほどのことじゃ……」

「妬いてないって言ってるだろ……!!」

「でも嫌なんだろ」

「……っ」

否定できず、またうつむいて口を閉ざす。その頭を、よしよしというように綺蝶は撫でた。蜻蛉はその手を振り払った。

「やめろよっ、おまえこそ嫌じゃないのかよ⁉　自分のことだろ⁉」

「何？　嫌だって言ったら連れて逃げてくれんの？」

咄嗟《とっさ》に答えることができなかった。だけど綺蝶も、平気そうに振る舞ってはいるけど、本当は逃げたいくらい水揚げが嫌なんだろうか？

「バカ、冗談だって」

と、綺蝶は笑う。

蜻蛉は反射的に綺蝶のほうへ向き直っていた。仕掛けの襟首を掴み、顔を見上げる。

「逃げよう！」

「え？」

「俺が連れて逃げる……‼　ここを出てどこかで一緒に暮らそう。貧乏でも何か仕事見つけて、二人で働けばきっとなんとかやっていける。だから……」

「バカ」

本気で言ったのに、綺蝶は一蹴した。軽く額まで弾く。

「見つかるに決まってんだろ。お互い禿立ちなんだ。簡単に足抜けできるような世界じゃないってことくらい、わかってんだろーが」

「それは……だけど……っ」

「ま、可愛いプロポーズは嬉しかったけどな――」

と、綺蝶は揶揄うように笑った。蜻蛉は何も言えずに、ふいと顔を逸らした。

「プロポーズじゃないって、言わねーの？」

少し怪訝《けげん》そうに綺蝶は聞いてくる。けれど言い返す気にもなれなかった。というより、本当に求婚したようなものだったのかもしれなかった。

けれど自分では、綺蝶を守れない。

お互い見世には恐ろしいほどの前借りがある。年季だって何年も残っている。もし逃げれば、どんな手を使ってでも追ってくるだろう。表向きは品位と格式を誇っていても、警察は勿論、暴力団とも深い繋がりのある世界だ。逃げおおせるはずがない。

蜻蛉はいつのまにか、ちぎれるほど綺蝶の仕掛けを摑んでいた。涙が零《こぼ》れてくるのを隠すように、胸に顔を埋める。その頭を、綺蝶はまた宥めるように撫でてくる。

「……ったく、人の水揚げでそんなに泣いてどーすんだか」

確かにそのとおりだと思う。来年には自分自身の水揚げだって待っているのだ。

自分のことだって、凄く嫌だった。考えると鳥肌が立つ。そうなる前に死んでしまおうかとも思う。

だけど何度想像しても、自分より綺蝶の水揚げのほうが嫌なのだ。耐えられないくらい、死ぬほど嫌だった。誰か他人の手が、綺蝶に触れるのが。

　でも、綺蝶は軽く言う。

「まあ見てなって。すぐ売れっ妓になって、じじいどもから思いきり搾《しぼ》り取ってやっからさ。あっというまにお職だぜ？」

　一度は綺蝶に促されて出て行った鷹村が、少しして戻ってきた。

「綺蝶さん、そろそろ」

　綺蝶、が綺蝶さんになっている。これもまた、綺蝶の立場が変わったことを物語るものだった。

「うん」

「さあ、あなたも邪魔をしないで」

　鷹村に腕を掴まれ、引き剥《は》がされる。

「やだ、綺蝶……!!」

　ここから離れたくなかった。離れたら、かわりに客がやってくる。その客と綺蝶が寝ることになる。

「放せよっ、俺はここにいるんだから……！」

「蜻蛉っ！」

　鷹村の腕がゆるんだ隙に逃れ、綺蝶に駆け寄る。それをまた鷹村に引き戻された。

「誰か!!」

鷹村が人を呼び、番頭たちが駆けつけてくる。彼らに取り押さえられ、蜻蛉は畳に膝を突いたかたちで押さえつけられた。

「綺蝶……!」

けれどたすけてくれるかと思った綺蝶は、ため息混じりに目を逸らす。

そして顎を上げ、冷たい横顔で言った。

「――蔵にでも放り込んでおいて」

信じられなかった。

蜻蛉は呆然と綺蝶を見上げる。けれどすぐに番頭たちに抱えあげられ、綺蝶の部屋から連れ出された。

そのまま土蔵に放り込まれ、錠を下ろされる。

「畜生、出せよっ、綺蝶……!」

もういくら叫んでも、開けてはもらえなかった。

土蔵に閉じこめられて叫んで泣いて、泣き疲れて眠っているうちに、綺蝶の水揚げは終わってしまっていた。

蜻蛉が土蔵から出してもらえたのは、更にお披露目も何もかも済んでしまってからのことだった。もう、今さら騒いでもどうにもならない、というところまで閉じこめられたままだったのだ。

何をしたわけでもないのに精根尽きたような気持ちで戻ってくると、綺蝶は髪部屋などと呼ばれる談話室にいて、もとの新造仲間たちと花札をしていた。

「綺蝶……っ」

襖を開けて姿を見つけ、手札に目を向けたままの綺蝶に手だけで呼ばれて、たたたと駆け寄る。

そろりと隣に座って、覗き込んだ。

水揚げのあとも、綺蝶は何も変わったようすはなかった。

「あの……ど……どうだった？」

「どうって？」

じっと観察しても、いつもの紅い絹の長襦袢の上に、華やかな赤の仕掛けを羽織っている以外は、中身は同じように見えた。それを確かめるようにまじまじと見てしまう。

「女の子とやるのと、あんま変わんねーかな」

と、綺蝶は札を取りながら言った。

「女って、やったことあるのか⁉」

「まーね。娑婆《しゃば》にいたときに、何回か」

「娑婆って、おまえいくつだよ⁉」

聞いたとき、蜻蛉は思わず声をあげてしまった。自分とあまり違わない子供の頃に、ここに売られてきたはずなのに。

「そっちも初めてじゃねーと値が下がるんで黙ってたけど、もう時効だろ」

そんなことを言ってぺろりと舌を出す。

「……。……」

蜻蛉は呆れた。水揚げの衝撃も一緒に吹っ飛んでしまったような感じだった。

そして何故だか、女と寝ていたという話のほうがショックだった。綺蝶が自ら望んで持った関係だと思うからだろうか。

客と寝ても、綺蝶は本当に何でもない顔をしていた。

(本当になんでもなかったのかも)

と、蜻蛉は思った。

綺蝶が自分で言っていたように、客と寝ることは、彼にとって本当にただ「仕事」だというだけのことなのかもしれない。客は、綺蝶の中に何も残さない、ただの客。花代を払ってくれる人。ただそれだけ。

そう思うと、何故だか蜻蛉の心はとても慰められた。

自分でも不思議だったのだけれど。


綺蝶は自分で言ったとおり、すぐに売れっ子になった。

馴染みも初会も増え、最初のお職を取るまで、わずか半年。

花降楼始まって以来だと評判になった。

その割りには、なんとなく綺蝶は日々不機嫌になっていくようだ。ときどき複雑な表情で蜻蛉の顔をじっと見ていることがある。

(何故?)

と聞けば、

――何でもねーよ
と、すぐに笑ってくれるのだけれど。

蜻蛉の水揚げも日一日と近づいてきていた。

蜻蛉もまた、並はずれた美貌だと将来を嘱望《しょくぼう》されている。

一年もしたら、綺蝶とお職を争うようになるだろう。そうなれば、どんなに華やかであることか。

そんな外野の囀《さえず》りなどはどうでもよかったが、お職になってたくさん稼げば、早くここを出ていくことができる。綺蝶が出ていくときに、一緒に行ける。

仕事は好きになれそうになかったが、そのためと思えば頑張れる気がした。

禿の頃からずっと傾城に付いて見習い、綺蝶と夜具部屋で研究会もしてきたこのごろでは、名代で客の酒の相手をしていても、それなりのあしらいができるようになっている。とても自分自身とは思えないほどだった。

その日も蜻蛉は客の戯《たわむ》れを上手《じょうず》にかわし、手水に立つふりで部屋を抜けた。

廻し部屋の前を抜け、中庭に面した二階の廊下の手すりにもたれて、適当に少し時間を潰す。

そのときふと、綺蝶の声を聞いたような気がして、蜻蛉はちらりと振り向いた。

(ああ……そういえば綺蝶の本部屋か)

本部屋というのは色子自身の寝起きしている個人部屋であり、客が重なったときなど、ここへ通すのは一番の上客と決まっていた。

(今日、来てるのは誰だっけ?)

何人かの顔を思い浮かべ、この面子《めんつ》の中なら彼だろうと蜻蛉が目星をつけたのは、まだ二十代の青年実業家だった。

青年実業家とは言っても、自分で事業を興したわけではない。一族の会社の一つを任されているのだ。彼の一族は東院《とういん》家といって元華族の家柄で、落ちぶれた名家が多い中で、今も手広く事業を営み、隆盛を誇っていた。

彼は写真見立てで、まだ新造だった綺蝶を見初《みそ》めたのだという。初恋の女性にそっくりだからという理由だった。紹介者を通してぜひと申し入れてきて、普通はもの慣れた中年以上の男に任せることの多い水揚げを、金と押しで手に入れた。つまり、綺蝶の最初の客でもあった。

東院は遊び慣れていて男振りもよく、財力を頼みにして金離れもいいので、新造や見世の者たちにも人気がある。

綺蝶にもお気に入りの客の一人ではあるようだ。少し前には、この大金持ち相手に身揚がりしたことさえあるのだ。身揚がりの相手といえば、間夫の代名詞みたいなものじゃないか？

——花代を賭けて花札して負けたんだよ

と、綺蝶は言い、それはいかにも綺蝶のやりそうなことではあるのだけれども、色子が客と花代を賭けて勝負するなんて聞いたこともなかった。

蜻蛉はなんとなく面白くない気持ちだった。

綺蝶の客は皆嫌いだが、この男は特に嫌いだった。

（……帰ろう）

そろそろ戻らないと、名代の客が機嫌を悪くする。

そう思い、手すりから離れたそのときだった。

綺蝶の部屋の襖がわずかに開いていることに、蜻蛉は気づいた。

覗くようなものじゃない。それはよくわかっていた。けれど今なら見られると思ったら、どうしても見たくてたまらなくなった。綺蝶がどんなふうに客と寝るのか、知りたかったのだ。

蜻蛉はそっと襖に近寄っていく。

その途端、東院の膝に抱かれている綺蝶の姿が目に飛び込んできた。

横抱きに抱えられ、首に腕を回している。誘うように覗き込む表情は、ひどく艶めいて見えた。男の手が着物の裾を割っている。太腿から腰へ撫で上げていく。鮮やかな紅い仕掛けのあいだから、白い脚があらわになる。

相手もそれなりの美丈夫であれば、認めるのはたまらなく嫌だったが、とても絵になっていた。

そんな姿に、酷《ひど》い衝撃を受けて蜻蛉は立ち尽くす。

色子である以上、客と睦《むつ》みあうのが仕事だというのは、頭ではわかっていた。先輩たちの姿を垣間見てしまったことだって、何度もあった。――けど。

「俺を当て馬に使おうっての?」

「何言ってんの。そんなわけないじゃん」

そんな他愛もない会話を交わしながら、気配を感じたのか、東院がちらりと襖のほうへ視線を向けてきた。

そして蜻蛉に気づくと、東院は自分のものだと言わんばかりに綺蝶を抱き締め、意地の悪い表情で笑った。

綺蝶の耳に睦言《むつごと》の続きを囁《ささや》き、綺蝶がそれに応える。

「愛してるよ。ほんとだって」

そんな綺蝶の科白が聞こえた途端、蜻蛉はその場を逃げ出していた。


蜻蛉は、廻し部屋にも戻らず、階段を駆け上った。頭に浮かぶのは、今聞いた綺蝶の言葉と、今見た光景ばかりだった。あれも仕事のうちだとか、何も考えられなかった。

一人になりたかった。夜具部屋に逃げ込むつもりだった。

踊り場で客にぶつかって転ぶ。

「蜻蛉……どうしたんです」

客を案内していた鷹村が、驚いて声をかけてきた。それが無性にかんに障った。

起きあがると、ちょうど目につく位置にあった花瓶を摑んだ。腹立ちまぎれに床に叩きつける。大きな音をたてて花瓶が割れた。

「蜻蛉っ!!　ちょっと誰か！」

鷹村に呼ばれてやってきた番頭が、蜻蛉を捕まえようとする。

折しも見世は、帰る客揚る客の送迎で一日の中で最も賑やかな時間だった。大階段を行き来する者が皆足を止めていった。

「蜻蛉……!!」

番頭に引っ立てられそうになりながら声のしたほうを見れば、騒ぎを聞きつけて来たらしい綺蝶がいた。

このごろはたいてい結っていた髪も解け、襦袢の襟も乱れた淫らな姿だった。傾城がこんな姿で人前に出るなど、あってはならないことのはずなのに、どこか幻想的で目を奪われる。

けれど綺蝶が着物を乱しているのは、今の今まで東院にまさぐられていたからなのだ。

蜻蛉の脳裏を先刻《さつき》の光景が過ぎった。

「おまえ何やってんだよ?」

綺蝶が手首を摑み、引き起こそうとする。その手を、蜻蛉は思わず振り払った。

「さわんな……っ！」

綺蝶は驚いて目を見開き、見つめてくる。

「何だよ、何があったんだ？　ちょっと落ち着い……」

「さわんなって言ってるだろ……!!」

再び伸ばしてくる手をまた振り払う。つい声が大きくなる。

起きあがり、また三階への階段を駆け上りはじめる。

「おい、ちょっと待てよ……！」

綺蝶が追ってくる気配があったけれど、振り向かなかった。そのまま三階の廊下を駆け抜けて、夜具部屋に逃げ込む。

だが、当然のようにやや遅れて綺蝶が襖を開けた。中へ入ってきて、背中でぴしゃりと閉める。綺蝶がそう命じたのか、他に誰もついてきてはいないようだった。

綺蝶は腰に腕をあて、ため息をついた。

「何があったんだよ？　言えよ。他の奴は来ねーから」

蜻蛉は首を振った。説明することが、どうしてもできなかった。言いたくなかった。

「嘘つき……!!」

(客なんか好きにならない、客は客だって言ったくせに……！)

客に抱かれるのも愛を囁くのも色子の仕事だということは、蜻蛉にもわかっていた。そんなことが許せないなんて、バカバカしくて口にはできなかった。だけど頭ではわかっていても我慢できなかったのだ。それにもしかして、本当は本気だったら？

そんなことを疑ってしまったのは、相手が東院だったからだろうか。彼の勝ち誇ったような意地悪な目を見てしまったからだろうか。

「どういう意味だよ？　言わねーとわかんねーだろ」

綺蝶は一歩近づき、手を伸ばしてくる。蜻蛉はその手を振り払い、後ずさった。

「……汚い手でさわるなって言ってるんだよっ。おまえなんて大ッ嫌いなんだから……!!」

叫んだ蜻蛉の声は、まるで泣き声みたいになっていた。

「いきなり何なんだよ？　俺が何かした？」

「淫乱……！」

「ああ？」

綺蝶が眉を寄せる。蜻蛉はふいと顔を逸らした。

「何だよ、それ。意味わかって言ってんのか」

「わかってるよっ、今まで客と一緒だったんだろ。ああいうことするのが好きなんだろ」

「何言ってんだよ。仕事だろ？　今さら何をそんなこと……」

綺蝶の水揚げから、既に半年以上が過ぎているのだ。唐突に言われて、綺蝶は面食らうばかりのようだった。

「仕事ってだけじゃないだろ、好きなんだろ、客と寝るのが……!!」

何を言っているのか、自分でもよくわからなかった。けれど一度口を突いて出ると止まらなかった。やり場のない憤りをぶつけずにはいられなかった。たまらなく嫌だった。

やれやれとでもいうように肩を竦《すく》め、綺蝶は言った。

「まあ、別に嫌いじゃねーよ。それが?」

「……っ……」

聞いた途端、ぼろっと涙が零《こぼ》れた。袖で拭ったけれど、一度溢れたら止まらなくなった。

「変態っ、色情狂っ! 大ッ嫌いだっ、もうおまえなんか……!! 二度と触んな……っ」

嫌い、嫌いと繰り返すたび、次から次へと頬を流れ落ちる。

小さなため息が聞こえた気がして、蜻蛉は隠すように伏せていた頭をはっとあげた。

襖の傍に立っていた綺蝶がゆっくりと近づいてくる。綺蝶は怖い顔をしていた。怒らせた、と思った。思わず後ずさろうとする。

その脚をいきなり薙《な》ぎ払われた。倒れたところを褥に抑えつけられる。

「綺蝶……ッ!?」

「嫌いで結構」

と、綺蝶は言った。その科白に、胸を抉られたような気持ちになる。綺蝶は唇に薄く笑みを浮かべていた。けれどそれはいつもの明るいものではなく、ぞっとするような怖い笑みだった。

「その汚いことをおまえもするようになるんだよ。水揚げの日まであと何ヵ月もない。その日が来たら、このからだを……どうせ他の男が」

唇を塞《ふさ》がれた。

何が起こっているのかさえ、蜻蛉にはすぐにはわからなかった。ふれているやわらかいものが綺蝶の唇だと気づいて、頭が真っ白になった。

息が苦しくてわずかに口を開くと、中へ舌が侵入してきた。

「ん、ん……ッ」

それを食いちぎる勇気はなかった。

上にある綺蝶のからだを押し返そうとするけれども、敵わなかった。それほど大きな体格差があるわけでもないのに、どうしてなのかと思う。

「……ん……」

息があがる。舌を絡められると、腰が浮きそうになる。ぞくぞくするような、腰の奥からわき起こってくるような感覚が何なのか、蜻蛉にはよくわからなかった。

胸高に前結びにした帯を解かれる。しゅる、という音で、はっと我に返った。

「な……何するんだよ……!?」

ようやく唇を解放され、まだ喘ぎながら蜻蛉は叫んだ。

「何されるかぐらい、わかるだろうに」

綺蝶は意地悪く笑う。

帯を解いた襦袢の中に、てのひらが忍び込んでくる。首筋に舌がふれてくる。

「……俺とこうなること、考えたことねえ？」

「あるわけないだろ、放せ……っ」

「押しのけてみろよ。汚いんだろ？」

信じられなかった。綺蝶の言うようなことなど、考えたこともなかった。――でも、本当に？

「こ――こんなことして、どうなると思って……っ」

色子も新造も廓《くるわ》の商品だ。綺蝶は売れっ妓とはいえ一本立ちからまだ半年ちょっと。蜻蛉などは水揚げさえ終えていない身の上なのだ。こんなことが知れたら、どんなひどい罰を受けることになるか。

けれど綺蝶は薄く笑みを浮かべるばかりだった。

「さーねえ……？　一緒に地獄に堕《お》ちてみるのも、いーんじゃねえ？」

するっと肌を撫でられ、蜻蛉は息を詰めた。くすりと綺蝶は笑った。

「感じやすいじゃん」

「……っんなこと……っ」

考えたこともなかった。遊廓《ゆうかく》で暮らしていても、そこで行われている行為には、ずっと嫌悪感ばかりがあった。売られてきたから——前借りがあるから身を売るのは仕方ないとしても、しばらく目を瞑って我慢するだけのことだと思っていた。いろいろな夜の技術を知識として学んでも、それは変わらなかった——のに。

「んっ、ん……！」

乳首にふれられた途端、零れるように喘いでしまった。

「ふーん……ここが好きなわけか」

「ちが……！」

綺蝶は人差し指で乳首を撫でた。上から下へ、下から上へ、何度も繰り返す。それだけのことで、泣きたくなるくらいの刺激があった。

「やめ、ん……、あ、あっ……」

「凄い尖《とが》ってんの、自分でもわかるだろ」

蜻蛉は思いきり首を振ったが、そこは痛いくらい敏感になっていた。乳首の表面にふれる指紋のざらつきまで捉えている気がする。

「ほら、こっちも」

「あッ——」

軽く嚙まれ、蜻蛉は背をしならせた。

そのままちゅくちゅく吸い上げられると、下腹まで疼《うず》き出す。

いけないいと思うのに、からだは変に反応してしまっていた。何が起こっているのか、まだ頭が追いついていかなかった。綺蝶にこんなふうにふれられていること自体、信じられなかった。

その手が下へ伸びてくる。

「嫌だ……!!」

蜻蛉は必死で身を捩った。

「やめろってば、変態っ、何すんだよ……っ!!」

さわられるのが嫌というより、知られたくなかった。

けれど容赦《ようしゃ》なく綺蝶の手はそこへたどり着き、暴いてしまう。

「や……あっ」

「じゃあ、ここをこんなにしてるおまえは何?」

「う……ッ」

握り込まれると、ぬるりとした感触がある。それを愉しむように、綺蝶はそこを弄《もてあそ》んだ。擦りたて、先端を揉み、塗りひろげる。指が動くたび、目の前が白く弾けそうなくらい感じた。

「……っ……は、……やめ」

すぐにでも達してしまいそうになり、ぎゅっと目を閉じて必死で堪える。けれどひとたまりもなかった。綺蝶は蜻蛉の悦いところを知り尽くしてでもいるようで。

（ああ……そっか。俺のじゃなくて……）

客の男たちのからだを知り尽くしているのだと思い当たり、何故か泣きたくなった。

「あああぁぁ……ッ」

びくびくと身をしならせ、蜻蛉は昇りつめていた。

頭が真っ白になって肩で喘ぐ。けれどまだそれで終わりではなかったのだ。

ぬるりとした感触を纏《まと》い、指が尻のあいだに入り込んできた。

「……っ……」

今放ったものを絡めているのだろうけれど、それだけではないぬるぬるした感触だった。

多分、見世で支給している潤滑剤だろうか。

「や……めろよ……っ」

もう、あまり手に力は入らなかった。

「どうせすぐ客に奪われちまうもんなんだろう」

と綺蝶は囁く。窄まりを辿っていた指が、中へ入ってくる。

「――ッ……」

ぞわっと鳥肌が立った。

かまわず、綺蝶はゆっくりと指を動かしてくる。奥まで侵入し、内部を探る。

「ん……ん……ッ」

「……狭いな、あいかわらず。痛い？」

こくこくと蜻蛉は必死で頭を上下させた。けれど綺蝶はやめてはくれない。それどころか、中を慣らす指を増やしてくるのだ。

「あぁぁ……ッ」

ぐっときつくなった感じだった。濡らされているせいか、痛みはそれほどないけれども、違和感に泣きそうだった。

「ん……ん……っや」

「これだけきついと大変だろうな……客、とるの。客のほうは大喜びかもしんねーけど」

ぐちゅぐちゅと音がする。これを綺蝶も聞いているのかと思うと、消えてしまいたいほどの羞恥《しゅうち》を感じた。

もう、どうせ犯すならひと思いに……とさえ思う。

「……も、……っ」

やめろ、と訴えようとしたが、言葉にならなかった。かわりにひっきりなく喘ぎ続ける。

綺蝶の指が掠めるたび、腰が浮き上がる場所があった。そこを掻かれると、一度達しているにもかかわらず、すぐにでもまた昇りつめてしまいそうになる。

「あぁ……っあ、……」

綺蝶がようやく指を抜いてくれたのは、何度目かに腰を浮かしてしまったときだった。

ずるりと抜けていく感触に、思わずそこを引き絞る。物足りなくて、ひくついているのに自分で気づいてしまう。

そこへ綺蝶が自らをあてがってきた。

（あ……凄い熱くなってる）

ふと、そんなことを思った。

綺蝶が、蜻蛉の中へ楔《くさび》を打ち込んできた。

「あああぁ……!!」

思わず悲鳴が漏《も》れた。あれだけ慣らされ、濡らされたのに辛くて、引き裂かれると思った。それでも綺蝶は更にからだを進めてくる。

「……っ、……っぁ」

ぎゅっと目を閉じ、いつのまにか解放されていた手で、布団の縁を引きちぎるほど強く掴む。

「……蜻蛉」

綺蝶が囁いてくる。

「目、開けろよ」

蜻蛉は首を振った。

「いいから開けろって……！」

けれど強く言われ、そろそろと蜻蛉は瞼を開けた。少し眉根を寄せた綺蝶の顔が目に飛び込んでくる。妙に艶めいて感じられて、蜻蛉は戸惑った。

綺蝶は少し笑った。

「背中に手、回して」

「冗、談……っ」

喋ると、筋肉の震えが腹に伝わってぞくっとくる。中に入っている物の存在感を酷くはっきりと感じてしまう。

「いいからしろ!!」

綺蝶はきつく命じてきた。そして少し声をやわらげる。

「……楽になるから……どうせやめてやる気なんか、ねーんだからな」

「……っ……」

脅すように覗き込まれ、蜻蛉は小さく一つしゃくりあげる。そしてそろそろと綺蝶の背中に腕を回した。

（あ……）

意外にしっかりとした骨格と、それに乗る筋肉を、蜻蛉は初めて自分のからだで感じた。

いつもは華やかな着物に包まれたままで、気づかなかった。

綺蝶が動き出す。からだの中をぐちゃぐちゃに掻き回される。

「あぁ……あぁ……っや、あ……っ」

擦れて、どうしようもなく切ない感覚が沸き起こる。抱かれること、それに悦びが伴うことは知識として植えつけられてはいても、こういうことだとはわかっていなかった。

唇を塞がれ、舌を絡ませられる。蜻蛉は夢中で綺蝶の舌を吸っていた。脚を大きく開き、腰へ巻きつける。

熱くて、辛くて、わけがわからなかった。

蜻蛉はいつのまにか夢中で綺蝶に縋《すが》りつき、泣いていた。

それから、どれくらいが過ぎただろう。

目が覚めたときには、部屋は朝焼けに紅く染まっていた。

綺蝶は窓の下に寄りかかり、どこから持ち出したのか煙管《きせる》を手にしている。蜻蛉自身は、いつのまにかその片膝を枕に眠っていたようだった。帯も解けた着物の下から、白い肩や太腿があらわになっている。けれどなおす気力さえなかった。

やがて襖が外から開けられる。

「……なんてことを……」

姿を現した鷹村は、呆然と呟いた。

綺蝶が自嘲するように喉で笑い出す。

それを聞いたのを最後に、蜻蛉はまた意識を手放していた。

あの日何が起こったのかは、鷹村には一目でわかったことだろう。

けれど咎《とが》めは何もなかった。それどころかあのことは誰にも漏《も》らされることなく、三人だけの秘密になった。

結局、鷹村は彼なりに算盤《そろばん》を弾かざるをえなかったのだ。

こんなことが世間に知れたら、水揚げの値はがた落ちになる。蜻蛉の色子としての将来も台なしになり、これまで大金をかけてきた見世は大損する。これだけの法度《はっと》を犯した綺蝶にもお咎めなしというわけにはいかないだろうし、何より鷹村自身が責任を問われるだろう。監督不行届ということで、楼主にどんな処分を受けるかわからない。馘首《くび》だけでは済まないかもしれない。

男には処女膜があるわけではない。何もなかったことにしてしまえるなら、それが一番いい。

彼はそう結論を出したのだろう。

それからすぐに、まるで慌てたように早々に蜻蛉の水揚げは決められた。

その日がやってくると、蜻蛉は、綺蝶のときと同じように数人がかりで磨きあげられ、着物を着せられた。

美しい仕掛けを見下ろし、綺蝶のときは自分も一緒に反物を選んだ、と思い出す。

——おまえのときは、俺が一番綺麗でおまえに似合うやつ、選んでやるからな

そんなことを言っていた綺蝶の言葉を思い出す。

(嘘つき)

あの日からずっと、綺蝶とは口もきいていなかった。

熱を出して寝込んだせいもある。朦朧《もうろう》とした中で、綺蝶の顔を見たような気もしたけれど、あとで付き添っていた禿に聞けば、来なかったと教えられた。

幻を見るくらい会いたかったのか、と自嘲した。

やがて起き上がれるようになって、すぐにも綺蝶のところへ行きたかった。

だけど絶対、綺蝶のほうから謝ってくるべきだと思うのだ。無理矢理あんなことをしておいて見舞いにも来てくれない、謝ってもくれないなんて許されない。向こうが悪いんだ

から、向こうが折れてくるべきだ。それでも簡単には許してやるものか。

本当は犯されたことなんかより今でもずっと引っかかっているのは、その前に見た東院との戯れだったのかもしれなかった。そんなことで怒るのは理不尽なことだとどこかでわかっていながら、どうしても水に流せなかった。目に焼きついて離れなくて、よけい意地になっていたのかもしれない。

見世の中ですれ違ってもつんと顔を逸らし、無視する日々が続いた。

けれどそのときはまだ、ただ自分さえ機嫌をなおせば、いつでも仲直りができると思っていたのだ。

蜻蛉自身、ひどいことを言ったと思う。何度も嫌いと言ったり、汚いとも言った。でも本気で言ったんじゃないことくらい、綺蝶にはわかっているはずなのだ。綺蝶はやさしいし、特に自分に対してはいつも甘かった。だからきっとそれは許してくれるはずだった。どんな我が儘を言ったって、本当に嫌われたり、離れてしまったりすることなんてないと信じていた。

それなのに。

綺蝶は何日たっても謝ってはくれなかった。それどころか、自分から話しかけてもくれなかった。

（どうして？）

仲直りする気がないからだ。それ以外、蜻蛉には考えつかなかった。

そもそも綺蝶はどうして自分を無理矢理抱いたりしたんだろう？

ようやくその疑問が強く蜻蛉の中で頭を擡《もた》げてくる。

突然ひどい言葉を投げつけてくる蜻蛉に本気で怒って、罰をあたえたつもりだったのだろうか。だから謝る気もないのだろうか？　……嫌いになったから、あんなことをしたんだろうか？

嫌われたのだ、と認めるのは、蜻蛉にはひどく辛いことだった。

（あんなこと、言わなければよかった）

でも、もう取り返しはつかない。

仕掛けの柄を選ぶ気力も沸かないまま、結局水揚げの支度はすべて、鷹村たち見世の者まかせで整えられていった。

寝床へ連れて行かれ、褥に座って相手を待つ。

上客だと言われていた。歳はかなりいっているが、手広く商売をやっていて、大金持ちだということだった。何人もで競り合って、莫大な水揚げ料に吊り上がったという。

客を待っているあいだ、花降楼へ来てからの数年間のことが、走馬燈のように蜻蛉の脳裏を過《よ》ぎった。

綺蝶とずっと一緒にいて、凄く楽しかった。

祖母に厳しく縛られて育って、あんなふうに毎日笑って過ごす日々は初めてだった。そのことがよくわからなくて、文句ばっかり言っていたけど、やっと気づいた。あれが楽しいってことだったのだ。

他愛もないことで毎日笑って、喋って。

楽しかった。

だけどもう、戻ってはこないのだ。

(おまえが悪いのに)

どうして謝ってきてくれないのか。……ほんとは謝ってなんかくれなくても、話しかけてきてくれさえすれば、それだけでよかったのに、どうして?

部屋の紅い襖が開かれる。

好きでもない男に犯される水揚げは、つまらないことで怒って意地を張った幼い自分への、罰のように思われた。

蜻蛉が、綺蝶とお職争いをするようになるまで、それから一年とかからなかった。

高慢な高嶺の花として気まぐれに客を選り好みする蜻蛉と、客を友達のように扱うと言って叱られるほど、気さくに誰とでも寝る綺蝶。

花代を賭けて客と花札をし、勝って一晩中肩をもませたなどという、常識では考えられないような逸話も耳に入ってきた。

傾城にはあるまじきほどよく笑顔を見せる綺蝶に対し、蜻蛉はにこりともしなかった。実際、昔綺蝶とあんなに笑う練習をしたのに、今は少しも笑えないのが自分でも不思議なくらいだった。

同じ美貌の傾城として看板を張りながら、すべてにおいて真逆と言われた。

客に対してばかりではなく、ようやくまかされるようになった禿の可愛がりかたも違っていた。

蜻蛉は預かった禿をどうあつかっていいかわからず、いつのまにか禿のほうから蜻蛉にかしづくような格好になっていた。

けれど綺蝶は本当の弟のように、部屋付きの禿を可愛がる。

そんな姿をたまに目にすれば、蜻蛉は子供の頃の自分たちを思い出さずにはいられなかった。あんなことさえなかったら、今ああして綺蝶の傍にいたのは、自分だったのかもしれない？

そして胸が痛いような不愉快な気持ちになる。自分の場所を奪われたような気持ちになる。

けれど現実にはあのあとも、綺蝶とはほとんど口をきくことがないままだった。

そのためか、あまりに対照的であることも手伝ってのことだろうか。

最初に犬猿の仲と呼ばれるようになったのは、この頃のことだった。


そんなある日、小さな事件が起こった。

綺蝶の禿が座敷の掃除をしていて、蜻蛉の忘れ物の櫛を、誤って踏み割ったのだ。

たまたまそれを目撃した蜻蛉は、有無を言わさず禿を思いきり平手打ちしてしまった。

禿は驚いて泣き出し、騒ぎを聞きつけてやってきた綺蝶に縋りついた。その禿を、雛を羽に匿う親鳥のように抱きしめながら、綺蝶は言った。

「何も叩くことねーだろ、わざとやったわけじゃなし」

一年ぶりにかけられた綺蝶からの言葉だった。

「……さあどうだか」

二人から目を逸らしながら、蜻蛉は答える。

綺蝶はため息をついた。

「おまえなあ、いい加減にしろよ？　俺が気に入らなきゃ、俺に言えばいいだろ？　なんでこんな子供にあたるんだよ？」

（なんでって）

言えるわけがなかった。

その禿が、髪をうさぎのような二つ結びにしていたからだなんて、とても口にできなかった。だけど見た瞬間、かっときたのだ。本当に自分の居場所を奪られたみたいに思えて。そんなもの、今さら過ぎるほど今さらなのに。

「——もういい……！」

何一つ説明できないまま、蜻蛉はきびすを返した。

最悪な気分だった。

ささいなことで八つ当たりのように禿を叩いてしまった自己嫌悪と、その禿をかばう綺蝶への不快感とを抱いたまま、蜻蛉はその夜の仕事についた。

客はくわえるように強要し、しかたなく蜻蛉は客のものをくわえた。それは含みきれないほど巨大で、嫌悪感も手伝ってついえづきそうになった。堪えてなんとか仕えたが、喉の奥まで突き込まれ、射精された瞬間、限界に達した。

口を押さえて部屋を飛び出す。

客に対する色子の態度としては最悪だとわかっていたけれども、どうしても我慢できなかった。

手水の傍でうずくまり、何度も吐いた。吐き出しきれず、胃に残った分が気持ちが悪くて、本気で具合が悪くなりそうだった。

こんなことに耐えなければならない仕事が情けなくて、じわりと涙が滲《にじ》む。でも、泣いたってどうにもなりはしないのだ。泣かないという誓いはもう何度も破ってしまっているけれども。

「――ツワリ？」

ふいに頭の上から声が降ってきたのは、そのときだった。

聞き覚えのある声に、どきりとする。それはこんな惨《みじ》めな姿を、誰よりも見られたくない相手の声だった。

けれどこんなふうに綺蝶のほうから声をかけてくるなんて、どれほどめずらしいことだっただろう。

慌てて蜻蛉は取り繕う。口を濯ぎ、手の甲で拭う。

「……んなわけないだろ」

「俺の子供だったりして」

「な……」

あまりの科白に、思わず蜻蛉は声を荒げた。

「……阿呆か!!」

「元気そうじゃん」

さらりと綺蝶は返してきた。

もしかして心配してくれたのか、と蜻蛉は思う。

(……まさか)

そして自嘲した。

男が悪阻《つわり》などありえない。馬鹿馬鹿しいことこのうえない揶揄《やゆ》に、まともにとるのも野暮だとようやく気づき、蜻蛉は言った。

「……計算が合わないだろ」

「まーね」

にこり、と綺蝶は笑った。

笑顔を向けられるのは、何万年ぶりにさえ思えた。ぎゅっと胸が痛くなり、涙さえこみ上げそうになる。

蜻蛉は必死でそれに耐えた。

一応再び口をきくようになったのは、このときからのことだった。

それは以前の仔猫同士がじゃれあうような近しさとは、はっきりと違うものだったのだけれど。

【3】

加島《かしま》写真館で写真を撮った帰り、暴漢に襲われた蜻蛉《かげろう》をたすけて負傷した綺蝶《きちょう》は、吉原の中にある診療所へと収容されることになった。

蜻蛉も一緒に付き添ったが、警察の事情聴取は別々にされた。

とは言っても、心当たりがないこと、男たちに見覚えはないこと、くらいしか蜻蛉には答えようがなかったのだけれど。

見世《みせ》の用事が終わったらしい鷹村《たかむら》が慌てて駆けつけてきて、他の者は先に帰っているようにと言われた。

蜻蛉は自分と綺蝶の部屋付きの子たちを連れていったんは廓《くるわ》に帰ってきたが、ひどく落ち着かなかった。どれくらいの怪我《けが》なのか気になってたまらなかった。しかもそれは、自分をたすけるために受けた傷なのだ。

気がつくと蜻蛉は、一人でまた見世を出て、ふらふらと診療所まで戻ってきていた。

そして先刻《さっき》聞いてあった綺蝶の病室の前まできて、うろうろしている。いざとなると、扉を開ける踏ん切りがつかなかった。

(……何やってんだろ、俺)

わざわざ見舞いに来なくても、今日明日のうちには帰ってきただろうに。

だいたい、本当に重傷ならもっと見世は大騒ぎになっているだろうし、そうでないということは、たいしたことはないはずなのだ。勿論命にかかわることもないだろうし、傍には鷹村がついているはずだし、ようすを見に来てやる必要なんかなかったんじゃないだろうか。

(……第一、綺蝶は喜ばないだろうし)

(俺のこと、嫌いだろうし)

(そりゃ俺だって嫌いだけどっ)

でも、気になる。

(……とにかく、俺のかわりに怪我したのは事実なんだし)

言い訳のようにそう思う。

……ずっと昔は、綺蝶のいる部屋に入るのに躊躇《ためら》ったことなんかなかった。それどころか、声もかけずにいきなり飛び込んでいた。それで綺蝶が怒ったこともなかった。

蜻蛉は小さくため息をついた。

勇気を出して襖《ふすま》に手をかける。

「何してんだよ？　入って来いよ」

中から声がしたのは、そのときだった。


そして数秒後、ばつの悪い思いで、蜻蛉は綺蝶の枕許に憮然《ぶぜん》と座っていた。

でも、意外と顔色は良く、元気そうでほっとした。

綺蝶は右腕にギプスを塡《は》められた姿で、長襦袢《ながじゅばん》一枚を羽織《はお》ってベッドに座っている。鷹村が傍についているかと思ったが、いないようだった。一度見世のほうへ帰ったという。蜻蛉とは入れ違いになったらしい。

「お姫様がわざわざ来てくださるとはね――」

綺蝶はそんなことを言って揶揄《からか》ってくる。

「べ……別にわざわざっていうほどじゃ……すぐ近くなんだし、一応たすけてもらったのは間違いないからな。見舞っておくのが義務だろうと思って」

「義務、ね」

ふうん、と綺蝶は言う。それだけで来たのではないと、見透かされたようなばつの悪さが募る。

「……俺が来てるってなんでわかった？」

「うん？」

聞いてみれば、綺蝶は顎で扉を示した。ちょうど目線のあたりがくり抜かれ、飾り硝子《がらす》の窓が嵌《はま》っている。

ここに姿が透けていたのだとようやく気づいた。

ますますいたたまれない気持ちになって、蜻蛉はふいと顔を逸《そ》らした。

「今日の客は？」

と、綺蝶は聞いてくる。ふだんなら宴会の一つも終えて、床入りしているくらいの時間だった。

「休みだ」

「お茶ひきかよ？　お姫様ともあろうお方が」

綺蝶は揶揄ってくる。お茶をひくとは、一晩中客がつかなくてあぶれることをいう。

「違う!!　自主的に断っただけだ」

「俺のために？」

「阿呆か」

蜻蛉は一蹴した。

そういうわけではないが、仕事する気になれなかったのだ。一歩間違えばあのまま攫《さら》われていたかもしれなかったのだから、当たり前だと蜻蛉は思う。

本来ならゆるされることではなかったが、綺蝶とともに二枚看板を張る売れっ妓の傾城《けいせい》であれば、少しくらいのわがままなら通すことができた。

「……それで具合はどうなんだよ？」

「死にそう。もうだめかも。だから最後にさ……」

「……最後に……？」

見たところ、少し苦しそうではあるが、とても死にそうには見えない。聞き返してみたのは、綺蝶が何を言い出すか、ちょっと興味があったからだ。

綺蝶は言った。

「3Pやろーぜ。前に話しただろ、俺とおまえと並べて犯りたがってる客がいるっての。未だにしつっこくせがまれてて困ってんだよ」

「勝手に死ね」

蜻蛉は呆れ、伸ばしてくる手をぴしゃりと叩いた。

「痛ってー。こっちは怪我人なんだぜ？」

「それだけ元気なら大丈夫だろ。じゃあな」

蜻蛉は立ち上がろうとした。その袖を、綺蝶が掴む。

「まあ待てって」

「なんだよっ？」

「怪我はたいしたことねーけど、なんでこんな目にあったんだと思う？」

そう言われると、蜻蛉はむげにもできなくなってしまう。綺蝶が自分をたすけようとして怪我をしたのは間違いのないことなのだ。

「……嫌味のつもりか、それは」

「そういう意味じゃなくて。——いいから座れって」

憮然と言えば、綺蝶は答える。蜻蛉は仕方なく、また腰を下ろした。

「あいつら何者で、どういうつもりでおまえを攫おうとしたんだと思う？」

「どういう……って」

「誘拐して、そのあと誰かに売り飛ばすつもりだったか、殺すつもりだったか……」

蜻蛉はぞっと背筋が冷たくなるのを感じた。

綺蝶が自分のかわりに怪我をしたことで動転して、今の今まで事件のことなど、突っ込んで考えようともしていなかったのだ。そういうことは、警察に任せておけばいいと思っていた。事情聴取されているときも、心ここにあらずだったのだと思う。

「おまえ、心当たりある？」

「心当たり？」

「実行犯イコール主犯か、別の誰かか——振られた客かなんかに頼まれたか。からだ目当てか金目当てか、それとも怨恨……」

「まさか……!!」

反射的に蜻蛉は叫んだ。けれど、

「本当にまさか？」

そう言われると急に自信がなくなった。

手ひどい振りかたをした客もいるし、身請けを断ったこともある。お高くとまっていると朋輩にもよく言われるし、売れっ妓であることを妬《ねた》まれてもいるようだ。禿《かむろ》や新造《しんぞう》に意地悪をしたこともあるし、鷹村や見世の者たちにも、好かれているほうとはいえない。

考え込む蜻蛉を見て、くっくっと綺蝶は本当に可笑《おか》しそうに笑う。そしてそれが傷に響いたのか、きつく眉を寄せた。

自業自得だと思いながら、けれどそんな表情は酷《ひど》く艶っぽい。悦《よ》がっているわけではないのはわかっているが、いつも客に見せているのはこんな顔なのだろうかと思わずにいられない。

「……どこをやられたんだ」

「腕と肋骨の骨にひびが入ってるってさ。最後に棒で殴られたときのだな。不覚だった。仕事もしばらくは休めって」

「びっくりした。あのときは」

「ん？」

聞き返され、おまえが死ぬんじゃないかと思ったから、とは言えずに。

「……喧嘩《けんか》強くて」

それもまた驚いたことの一つではあった。

ああ、と綺蝶は笑った。

「ガキの頃は毎日みたいにやってたからな。最近はあんま機会もねーけど」

「あんまりって……」

たまにはあるということだろうか。吉原の中でときどき起こる喧嘩騒ぎに、綺蝶は秘かに関わっているときがあるのだろうか。

振袖をひらめかせて戦う姿を頭に描き、呆れてため息をついた。けれどその姿はちょうど先刻と同じように、蝶のように華やかなことだろう。

そして初対面での喧嘩を思い出す。必死だったとはいえ、それなりに対抗できたような気がしていたのに、あれほど強いならあのときは手を抜いていたのだろうか。

やや憮然として聞けば、

「そーゆーわけじゃねーけど、その顔は殴れねーじゃん」

「どういう意味だよ」

「……あいつらもおまえ拐《かどわ》かして、どっかの大金持ちにでも売りつけるつもりだったのかもな。競りにでもかけたら、すげー金額まで吊り上がりそう」

直接は答えず、綺蝶はそんなことを言って笑った。

「馬鹿なことを」

容姿を誉められるのは、嬉しくないとは言わないが、複雑なものがなくもなかった。それぱかり言われすぎて、他に取り柄がないと暗に仄《ほの》めかされているような気になるからだ。

「どっちにしろ、奴ら、失敗したんだからまた来るかもな」

「ああ……」

「気をつけろよ」

気をつけると言っても具体的にどうしたらいいかわからなかったが、蜻蛉は頷いた。

「しばらくはなるべく俺の傍にいろ」

「え？」

「守ってやるから」

聞こえた言葉が信じられなかった。自分と綺蝶とは、今はそんな仲ではないはずなのに。

しばらくは声が出てこなかった。

「な――何言ってんだよっ、怪我人のくせにっ」

かーっと顔が真っ赤になるのがわかる。自分でもどうしようもなかった。

「すぐ治るって」

と、綺蝶はへらへらと笑う。そしてそれが響いたのか、小さく呻《うめ》いて眉を寄せた。

「ほら見ろ」

と言ってみたものの、痛そうにしていれば気になる。ちら、と視線を投げれば、顔をあげた綺蝶と目が合った。

――心配してくれんの？

そんなふうに言われているようで、ますます居心地の悪い気分になる。

「……なんで助けてくれたんだよ？　……自分がそんな目にあってまで……」

ふと口を突いて出る。それは先刻からずっと抱いていた疑問だった。どうして綺蝶が自分を、と。それとも相手が誰でも、綺蝶にとっては同じ人助けだったのだろうか。

「なんでって……」

綺蝶は困ったような顔をする。

「……ヤバイと思ったらまあ反射的に……。怪我するとも思ってなかったし。お姫様が悪者に拐かされそうになってんのに、放っとけるわけねーじゃん」

「……」

何かひどく照れくさいような気持ちになって、蜻蛉は目を逸らした。ただ、とにかくたすけてもらったのだから、礼ぐらい述べなければと思う。

「あの……」

「ん？」

でも、言葉が出てこない。

「——じゃあ俺、帰るから」

「もう？」

「だっておまえ元気そうだし、いる必要ない——」

「待てよ」

立ち上がろうとすると、袖を摑まれた。

「俺も帰るから」

「え？　でも」

「そこにある着物、とってくれる？」

綺蝶は遮るように言って、病室の隅にある包みを指した。今日着ていた仕掛けは汚れてしまったので、誰かが着替えを持ってきて置いたものらしい。

「帰っていいのか？　入院するんじゃなかったのかよ」

「だってどうせあと寝てるだけだし。どこで寝たって一緒じゃん」

そういうものなのだろうか。医師や鷹村に断らなくてもいいのだろうか。

「……知らないぞ、後で怒られても」

「平気平気」

言いながら、綺蝶はベッドを下りる。一瞬ふらつくのを、思わず支えてしまう。揶揄《やゆ》するような視線を向けられて、ふいとまた蜻蛉は顔を背けた。綺蝶は可笑しそうに笑って、また痛みが響いたのか顔を顰《しか》める。

「ほら」

自業自得だと思いながら、蜻蛉は着物の包みを渡してやった。

「さんきゅ」

綺蝶は片手で受け取って寝台の上に置いた。やりにくそうに結び目を解き、仕掛けを取り出す。襦袢の上から羽織ろうとして失敗し、絹が肩をすべり落ちる。

見かねて、ついまた蜻蛉は手を出してしまった。少し背伸びして背中から着せかけて片袖を通させ、正面に回って襟をあわせる。もう片方の腕は吊ってあるので袖を通すことができないままになる。

その隙間から、綺蝶の胸が覗いていた。肋骨をカバーするために巻かれた包帯越しでも、均整のとれたからだつきなのがはっきりとわかる。細身なのに綺麗な筋肉が乗っていて、蜻蛉は何かどきりとした。子供の頃の薄くなめらかな胸板とは全然違うものに見えた。

慌てて目を逸らし、帯を巻きつける。

それを綺蝶は面白いものでも見るような目で見ていた。

「なんだよ？」

「いやいや」

「文句があるんだったら自分でやれよ」

「いやいや。ありませんとも。自分の着物だって自分で着たことないお姫様に帯まで結んでもらって、末代まで語り継がなきゃ」

「自分でやれ」

言い捨てて一人で出て行こうとすれば、まあまあと綺蝶が引き戻す。

「頼むって。自分じゃできねーのわかってるだろ」

「だったら黙ってろよ」

ため息をつきながら、また帯を手にした。向かい合って立ち、胸の前で結ぶ。

「……ところでさ、……」

ややあって、綺蝶が躊躇《ためら》いがちに口を開いた。

視線を追えば、ようやく帯を結び終えた蜻蛉の手許にあった。

それ以上綺蝶は言わなかったが、目が語っている。

綺蝶の言うとおり、自分の着物だってここ何年も自分で着たことはないのだ。すべて部屋づきの禿や新造たちがやってくれている。それでも、毎日見ているのだからできるような気がしていたのだけれど。

「だから自分でやれって……！」

「自分でやれねーんだからしょーがねーだろ。いいっていいって、これで。このまま帰って見せびらかしてやろっと」

「な……恥でもかかせたいのかよ!? 俺に」

「何言ってんの。記念だよ、記念」

「やめろよ、誰か呼んで——綺蝶っ」

蜻蛉が引き止めても、綺蝶は耳も貸さない。傾城というよりは、まるでどこかの若衆のような着崩した姿のままで、病室を出ていく。

しかたなく蜻蛉は後を追った。


夜の遊里は華やかに賑わっていた。

燈籠の灯りや、みせすががきの音。張り見世を覗いて歩くたくさんの男たち。遊廓《ゆうかく》や娼館の他に、料理屋や小間物屋なども店を開けていた。

そんな中を綺蝶と連れだって歩くのは、本当に久しぶりのことだった。

吉原に沈んでもう十年にもなるが、使いなどに出されることもあった禿の頃はともかく、一本立ちしてからは客を送り出すとき以外で夜に廓から出たことは、そういえばなかった気がする。

道々話すのは、事件のことばかりだ。

暴漢たちは結局車で逃げてしまったこと、資材や商品の搬入など、許可された車しか入れないはずの吉原の中に、無許可の車が侵入していたことになること。どこから入り込んだのか、手引きした者がいるのかということ……。

——振られた客かもしれないぜ？　どうせ叶わないんならいっそ……とかさ
などと綺蝶は言う。

怪我はそう悪くもないのか、綺蝶は顔色も良く元気そうだった。そんな綺蝶の横顔を見上げていると、何か気分が浮き立った。

（……っていうのは多分気のせいだけど）

ひさしぶりの外出で、少し浮かれているだけなのだ。……多分。

そう思おうとする。

「ん？」

視線に気づいたように振り返り、綺蝶は首を傾げる。解いたままの髪がふわっと揺れる。染めてあるわけでもないのに薄い色が、燈籠の灯りに透けて綺麗だった。抑えた紫の仕掛けを片袖しか通さない姿は、妙に粋な色気があった。

「何か買ってやろうか」

綺蝶は言った。

「え？」

「おまえ滅多に外出ないからさ」

「……別にいい。見世にご用聞きが来るし」

何故綺蝶がそんなことを言うのか、わからないまま、にべもなく答えてしまう。そしてちょっと後悔した。

「ま、それもそっか」

綺蝶は軽く答える。怒ったふうでもなかったが、少しつまらなそうだ。

かと思うと、

「あ、ちょっと待って」

ふいに蜻蛉の袖を掴んだまま通りすがりの店へ入っていった。そしてすぐに紙袋を持って出てくる。

「お待たせ」

「……おまえ怪我人のくせに何やってるんだ？」

冷ややかな眼差しを向ければ、

「ま、いいじゃんか、ちょっと寄り道ぐらい」

綺蝶は軽く答える。袋の中から飴玉を一つ取り出して、蜻蛉の口許に差し出した。

「ほら」

「そんな大きいの……」

いらない、と言おうとした口に、タイミングよく放り込まれる。う、とも、みゅともつかない声が漏《も》れてしまう。

「もう一つ」

「二つもいらな……」

その瞬間にもう一つ放り込み、綺蝶は胸のあたりを押さえながらも笑い転げた。

「二度も同じ手に引っかかるなんてねぇ」

「いい加減にしろよ……!!」

蜻蛉はそう言ったつもりだったが、飴に邪魔されて言葉にならなかった。綺蝶はそれを見てまた笑う。

「りりょお……!!」

綺蝶、と怒鳴《どな》っても、またしても言葉にならない。

ニヤニヤ笑いながら、綺蝶は言った。

「ま、いーじゃん。ほっぺたぷくぷくで、けっこう可愛いぜ。子供の頃みてぇ」

などと頬をつつく。まったく、冗談ではなかった。

(ばか)

「つきあってられない……！」

呂律の回らない声でそう言って、蜻蛉はさっさと先へ行こうとする。その腕を、けれど綺蝶は摑んで引き戻した。

「離れるな、って言ってるだろ」

「え……？」

そのときになってようやく蜻蛉は気づいた。

――しばらくはなるべく俺の傍にいろ。守ってやるから
綺蝶はそんなことを言っていた。……だから病院を出てきたのだろうか。自分を見世まで送ってくれるために？

(まさか、そんなこと)

「きちょう……」

綺蝶はもう、蜻蛉の袖を摑んだまま別の店へ入り込んでいた。娼妓の細々した装飾品などを扱っており、主に遊廓の客が敵娼《あいかた》にみやげを買ったり、娼妓が客を連れ込んで買わせたりする。

飾られた品物を見るでもなく見ているうちに、いつのまにか綺蝶は戦利品を手にしていた。真っ赤な珊瑚を芯にした花に蝶が纏《まと》わり、しゃらしゃらした飾りのたくさんついた金細工の簪《かんざし》だった。

店を出ると、綺蝶はそれを蜻蛉の髪に挿《さ》した。

「綺蝶……っ」

どんなふうにしたのか、その簪は下ろしたままの髪に、上手《じょうず》に留まった。

「やる」

とだけ、綺蝶は笑って言う。

どうして、という驚きと、もらう理由がないという思いとで混乱し、蜻蛉は口を開こうとしたが、飴玉が零《こぼ》れそうになって上手《うま》くいかなかった。二つもくわえさせた綺蝶に心の中で悪態をつきながら懐紙を取り出し、吐き出そうとする。

一瞬早く、綺蝶が苦笑を浮かべてその手を摑んだ。

「しょーがねーなー」

そしてそんなことを言ったかと思うと、そのままぐいと蜻蛉を引き寄せた。

唇を塞《ふさ》がれる。そのやわらかい感触がそうだと理解した瞬間、頭が真っ白になった。綺蝶にキスされてるんだと思ったら。

舌先が唇をたどり、つい綻《ほころ》ばせてしまった隙を突いて中へ入ってくる。ぞく、と背筋が震えて、思わず綺蝶の袖を摑んだ。押しのけようと思ったけれど、傷に響きそうで、力を込めることができない。

綺蝶は舌先で飴を掬《すく》いとりながら、ついでのように口腔内をくすぐっていく。飴玉でいっぱいになっていて逃げることもできず、舌を弄ばれてしまう。

ずるい、と思った。けれどそれだけのことで、立っていられないほどの痺《しび》れがある。

蜻蛉はいつのまにか綺蝶の胸に、まるで縋《すが》るように抱き締められていた。


そのあとは、正直言って散々だった。

——……嬉しいけど、ちょっと痛いんだけど？

本当に少し辛そうにそう言われて、やっと蜻蛉は我に返ったのだ。その途端、反射的に手が出ていた。綺蝶の頬を思いきり平手打ちした。

——な——な——……

何するんだよ、という科白《せりふ》さえ言葉にならなかった。頭の先から爪先まで真っ赤になっていたと思う。勿論怒りでだ。変なことをする綺蝶にも、いつのまにか胸に縋っていた自分にも腹が立ってたまらなかった。

けれど綺蝶は、

——まあいいじゃん。客とは毎日みたいにしてることだろ？

などと言って少しも悪びれない。

それはそうだが、詭弁《きべん》だ、と思う。でも、

――コレのご褒美《ほうび》ってことで
と軽く指で胸の包帯をとんとんとされれば、それ以上言えなくなった。

まだ苦しそうに眉を顰《ひそ》めていた綺蝶をその場に放り、蜻蛉は既にすぐ傍まで戻って来ていた見世に、憤然と帰館した。そうしたらちょうど来た上客の一人とばったりはち合わせしてしまったのだ。こうなると逃げるわけにもいかず、結局登楼《あが》らせることになってしまった。

何が違うというのか、いつもと違うと客は言った。上機嫌な客に、蜻蛉は散々弄《もてあそ》ばれ、責め抜かれるはめになった。翌朝は声も出なかったほどだった。

(何が違うっていうんだか)

けれど自分でもいつになく乱れてしまったことは否定できず、ますます鬱々とした気分になる。もう、昨日のことは一切思い出さないことにしようと思った。

だが、そう上手くはいかなかったのだ。

見世からほど近かったのが悪かったのだろう。簪の店の前でのことを、お使いに出ていた禿に見られていたのである。その夜のうちには、綺蝶と蜻蛉が往来で抱き合って接吻していたという噂が見世中を震撼させていた。

(違うのに……!)

あれは飴を受け渡しただけで、そういうことじゃないのだと否定しても、まだまだ噂は消えてはくれないままだった。

犬猿と言われるようになってから久しい。その二人の接吻というのは、よほどのインパクトがあったのだろう。見世の中でも寄るとさわると囁《ささや》かれていて、鬱陶《うっとう》しいことこのうえなかった。

「騒ぐほどのことじゃないだろ！　毎晩客とはやってることなんだから……！」

と、綺蝶の科白をそのまま借りて禿たちを怒鳴りつけてもみるのだったが、あまり効果はないようだった。

そして当の綺蝶はといえば、見世まであとわずかのところで具合が悪くなり、塀にもたれて休んでいるところを、偶然通りかかった自分の馴染み客に送ってもらったのだという。

怒って見捨ててきたものの、たすけてもらった身としては気にはなっていたからそれを聞いて安心はしたが、なんとなく面白くなかった。

鷹村にやはり勝手に退院したことを叱《しか》られ、今はおとなしく自分の部屋で傷を癒しているらしい。しばらくは仕事のほうも休むことになったようだ。

帰ってきた夜、発熱したと聞いた。

自業自得だと思いながら、無理をして帰ってきたせいかとも思うとひどく気になった。

けれど噂のほうも気になって、いっそういろいろ囀《さえず》られることになると思うと見舞いにも行けなかった。それに、どんな顔をして綺蝶に会ったらいいか、わからなかった。

綺蝶が休むとなると、次のお職は争うまでもないだろう。

そう思うと、もともと好きでない仕事には、まったく張り合いがなくなった。

ここ数日は、どうしても不義理ができない相手以外は、断ってばかりいる。いくら傾城には選ぶ権利があるとは言っても、我が儘が過ぎる、と鷹村には毎日目を吊り上げて小言を言われていた。

でも、どうしてもその気になれないのだ。

蝶よ花よといくらちやほやされても、男に愛撫され、責め抜かれることには、もとより嫌悪しか感じられなかった。

蜻蛉に身請けの話が持ち込まれたのは、そんなある日のことだった。

水揚げされて以来、何度目の身請け話になるだろうか。

申し出た相手は最近馴染みになった客で、貿易会社の御曹司《おんぞうし》だ。まだ大学生の身の上で、蜻蛉より数ヵ月年下でさえある。

そんな若い身空で色子を囲おうなどとは開いた口が塞がらなかったが、特に嫌いな客でもなければ、悪い話でもなかった。

花降楼《はなふりろう》でも何度も総花をつけてくれたことのある金持ちだし、彼の親の会社は事業が成功して大変な羽振りのようだ。本人もそれなりに整った容姿をして、少し我が儘で強引なところはあるが、性格も悪くはなかった。

けれど乗り気にはなれない。

一蹴に近い状態で断りながら、けれど断ってどうするのかとぼんやりと考える。

これまで何度同じようにして断ってきたか知れないが、色子の寿命は決して長いものではない。このまま断り続けて年季が明けたら、そのときどうなるのだろう？

色子の仕事も嫌いだけれど、自由の身になって特にしたいことがあるわけでもない。十年以上も廓の中にいて、世の中のことなど何もわからなくなっているのだ。娑婆《しゃば》へ出て果たしてやっていけるのかどうか。

見世に残って、色子たちの世話をする側に回るという手もあるが、今まで売れっ妓をいいことに我が儘放題で、自分の身の回りのことさえ自分でしたこともないのに、他人の世話が焼けるとは思えなかった。

引く手数多であるうちに、誰かに身請けされてしまうのが、結局は一番いい身の振り方なのではないだろうか。

(わかってる、そんなこと)

なのに何度、どんなにいい話を持ってこられてもその気になれない。

それは、あの約束が今でもまだ耳に残っているからなのだろうか。

――いつか一緒に、あの大門から出るんだよ

(今さら)

ほんの子供の頃の幼い約束だった。最初から夢のような話だった。今となってはなおさらだ。状況も二人の関係も変わり過ぎた。

果たされるはずのない約束だとわかってはいるのだけれど……。

「……何を考えてるの?」

背中から抱き竦《すく》められ、はっと蜻蛉は我に返った。

同衾《どうきん》している客へと、意識を引き戻される。

どうしてもと押され、断り切れずに登楼らせた馴染みの上客は、蜻蛉の身請けを申し出た岩崎《いわさき》だった。

身請けの話は帳場を通して断ってもらったのだが、聞かなかったことにするからもう一度よく考えて、と更に強く押されていた。

「なんだかとても切ない目をしてるよね」

「……そんなこと……」

岩崎は顎を持ち上げて顔を覗き込んでくる。

「恋でもしてるの」

「……まさか」

「相手が僕なら嬉しいけど」

小さく苦笑してしまう。こんな会話も駆け引きのうちだった。もっと客を喜ばせることの一つも言えればいいのだろうが、蜻蛉は苦手だった。

男が、ふいに言った。

「噂があるんだってね。……綺蝶と」

「え」

綺蝶の名前に、蜻蛉はつい反応してしまう。

何故《なぜ》そんなことを客が知っているのか。客にまで広まっているということなのだろうか。

「そういうことってあるんだ？　見世の中で色子同士が関係を持つなんて」

「あるわけないでしょう、そんなの」

廓内恋愛など勿論禁止だった。発覚すれば当然引き裂かれるし、場合によってはどちらかが棲み替えになる。今回のことは綺蝶がふざけただけで、そういう話ではまったくないけれども。

「妬《や》けるね」

「……」

「……昔ね、僕はお祖父《じい》様について花降楼に来たことがあるんだよ」

その言葉に、蜻蛉は伏せていた顔を上げた。

この頃はあまりないが、昔はたしかに、花降楼にも子や孫などを連れてくる客がまれにいた。岩崎はそんな子供の一人だったのだろうか。若いのに廓遊びなどをする変わり種には、そういう男が少なくなかった。

「あなたたちが二人でいるのを何度か見かけたこともある。二人ともまだ禿でね……僕が言うのも変かもしれないけど、二匹の高価な仔猫がじゃれあってるみたいでたまらなく可愛かったよ。僕も仲間に入りたいって思ってた。……いつのまに犬猿の仲なんて言われるようになったんだろうね？」

禿の頃は、本当によく綺蝶と一緒にいたものだった、と思い出す。別々の傾城づきだったにもかかわらず、暇さえあればくっついていた。誰かに呼ばれると縺《もつ》れあうように廊下を走って。

「……さあ……」

曖昧《あいまい》に答えて目を逸らす。

岩崎は問いかけてきた。

「……噂は本当なんじゃないの？」

「まさか」

「だから僕の身請けの話を断ってるんじゃないの？　違う？」

「違います」

蜻蛉は思わず、少しむきになって声をあげていた。

「だったらどうして頷いてくれないの？　悪い話じゃないはずだよ。……僕のことが嫌いだから？」

「そんなこと……」

正直に言えば、客は皆、嫌いだったかもしれない。けれど中には嫌いな度合いが薄い男もいた。清潔で上品で、金払いがよく無茶をしないような客はそうだ。岩崎はその一人ではあったし、若いだけに我が儘で子供っぽい性格が、可愛いと思うこともあった。

「だったら、他に理由を思いつけないよ」

綺蝶のこと以外には、と岩崎は言う。

「あいつのことは関係ありませんよ。……でも……どうしてなのかと思って……。結婚もしない身で、若いのに色子を囲うなんてお家のかたがお許しになるとも思えません」

断った理由はそれではないが、そのことも気になっていたのはたしかだった。岩崎は会社と家の跡取りでもあるはずなのだ。

けれど岩崎は言った。

「家の許可ならもう取った」

「え……？」

「あなたを身請けさせてくれたら、生涯他の妾《めかけ》は持たないって約束したんだ。お祖父様が外にたくさん子供をつくってたせいでいろいろ大変だったからね。色子なら妊娠する心配はないし、却《かえ》って好都合《こうつごう》かもしれないって親は考えたらしいよ。将来必ず親の勧める相手と政略結婚するって条件で、許してくれた。……跡取りだからさすがに一生結婚しないってわけにはいかないけど……愛するのはあなただけだって、誓うよ」

「岩崎さん……」

「本当は、家の者が許さなければ、全部捨てて駆け落ちしたっていいと思ってた。……それくらい、あなたが好きなんだ」

目を見開いて岩崎の顔を見上げたまま、蜻蛉は言葉が出てこなかった。長く色子をしているけれど、こんなにまっすぐに愛を告白されたのは、初めてだったかもしれない。

岩崎は真剣な眼差しで見つめてくる。

「もう一度考えてみて」

と、彼は言った。

大門まで岩崎を送って戻ってくると、見世の玄関の前でばったりと綺蝶に会った。顔を見るのは数日ぶりだった。血色のいい元気な姿を見てほっとしたけれども。

「ここでいいぜ。後、つかえてんだろ」

暖簾《のれん》のあたりで客が言う。綺蝶もまた、客を送り出すところのようだった。

「そ？　悪りぃな」

「いいってことよ。からだ大事にな」

「さーんきゅ。またな。次はサービスするからさ」

大門まで見送るしきたりを破っているばかりでなく、大見世の傾城と客の後朝《きぬぎぬ》の別れという感じでは、まるでなかった。

(ほんと友達みたいだ)

と思う。

綺蝶はよく鷹村にそんな小言を言われていた。

——そんな、お客様を友達みたいに……！

客は東院《とういん》だった。綺蝶とは水揚げからの長いつきあいになる。そうして馴染みを続けるうちには、友達のように馴れあってきたのだろうか。

暖簾をくぐって出てきた東院が、蜻蛉の姿をみとめた。

「おや、お姫様」

知り合いというほどではないが、花の宴や何かの折りには、顔をあわせたことは何度かあった。

「……ひさしぶり」

けれど東院が、どこか意地悪く微笑《わら》ってそう言うのは、宴で会ったことなどを指しているわけではないだろう。

ちらちらと脳裏に蘇りそうになる記憶を、蜻蛉は頭から追い出そうとした。

東院が頤に手をかけ、覗き込んでくる。

「相変わらず、震いつきたくなるような美貌だねえ？」

元華族という育ちのくせに、乱暴な言葉遣いをする。褒《ほ》め言葉を吐きながら、視線はやはり揶揄するような意地の悪い色を含んでいた。東院はどこか綺蝶に似ていると思う。

無礼なやりように、蜻蛉は冷たく睨《ね》め返す。

「何やってんだよ、こーら！」

沈黙を破ったのは、別の声だった。

奥へ引っ込んだはずの綺蝶が、いつのまにか戻ってきていた。東院の耳を思いきり引っ張って怒鳴る。

「痛てて……！」

東院が悲鳴をあげてもすぐには放してやらない。

「痛いって……！　ったく、俺は客だぜ？」

「客なら客らしく、他のに手ぇ出すなっての」

言い合う姿はますます「友達」っぽい感じがする。色子のとるべき態度だとは思えず、蜻蛉はひどく不快だった。

それにだいたい綺蝶は、まだ客の相手ができる状態ではないはずではなかったか。

這々《ほうほう》の体《てい》で東院が帰ったあと、白々と冷たい目で、蜻蛉は綺蝶を見上げた。

「もう客とってるのか」

「ん？　まーねえ。腕とココとやられてっからサービスできないって言ったんだけど、それでもいいって言うからさ」

綺蝶は親指で軽く自分の胸をつつく。

「全部やってもらって、楽さしてもらった」

「好き者」

休もうと思えば、まだしばらくは大きな顔をして休めるのにそうしようとしない綺蝶は、蜻蛉にはそうとしか思えなかった。

ふふん、と綺蝶は笑う。

「お茶引き」

「な……違うって言ってるだろ……!!」

「でもこのあとは予約ねーんだろ？」

「だから断っただけだって……!!」

むきになって言い返すのへ、綺蝶はまたくすりと笑った。綺蝶も勿論、本当に蜻蛉がお茶を引いていると思っているわけではない。

「あんま我が儘やってると、お仕置きされるぜ？」

「大きなお世話だ。俺より自分のことを心配しろよ、何日もさぼってるくせに。どっちにしろ、今月分は俺がお職だけどな」

「さて、それはどうかなあ？　けっこうそっちもさぼってばっかだろ？」

痛いところを突かれて、ぐっと蜻蛉は黙った。たしかに、気が緩んでさぼり過ぎたかもしれない。これでまた綺蝶に持っていかれたら、相当むかつくことになるだろう。

「――結果を楽しみにしてろよ」

他に言葉が見つからず、捨て科白を吐いて、蜻蛉は見世の中へ戻った。

鷹村に捕まってまた説教を食らいかけたが、先刻の綺蝶との会話を思い出し、客は取るからと言って振り払う。

そして二階への階段を昇り、自分の本部屋へ戻った。

今までのところは他の予約は断り倒しているので、次に声がかかるまでは好きにしていていいことになる。

蜻蛉は窓の傍に座り、ぼんやりと庭を眺めた。

禿に持ってこさせた日本酒をちびちびやりながら、岩崎の身請け話に乗るべきだろうかと考えたり、先刻の東院と綺蝶のことを思い出したりする。

そうしているうちに、いつのまにか眠り込んでいたようだった。

目が覚めたのは、どこかから悲鳴と物の壊れる音が聞こえてきたためだった。

（……？）

何ごとかと部屋の襖を開けると、何人もの色子や客が廊下に出てきていた。彼らが集まっているのは、綺蝶の部屋のあたりだ。

悪い予感に寒気を感じながら、蜻蛉はふらりと綺蝶のところへ向かう。

数十歩離れたその部屋の前には、既に十人近い人が集まっていた。

彼らを押しのけるようにして蜻蛉は前へ出た。

そして開け放たれた襖の向こうを見た瞬間、気を失いそうになった。

真っ赤に染まった部屋の中、登楼っていた客が入り口付近で自ら喉をかき切り、事切れていた。そして部屋の奥には、やはり血まみれになった綺蝶が倒れていた。

客が無理心中しようとしたのだと一目でわかった。

「綺蝶……!!」

自分でも無意識のまま叫び、部屋へ飛び込もうとする。それを後ろから鷹村が捕まえた。入るな、下がって、と怒鳴る声が耳に入っても、意味はわからなかった。腕を離させようと身もがいたが鷹村は離してくれなかった。

そのままで蜻蛉は、何度も綺蝶の名前を呼び続けた。

客に刺され、重傷を負った綺蝶《きちょう》は診療所へ運ばれて治療を受け、一命をとりとめることができた。幸い傷は内臓まで達しておらず、予後は悪くなかった。

翌週には、見世《みせ》へ帰ってきて、自分の部屋で療養することになった。

退院は綺蝶自身の希望で、病院のほうからはいい顔をされなかったそうなのだけれど。

綺蝶の部屋の前でしばらくうろうろしていた蜻蛉《かげろう》は、意を決して声をかけた。けれど返事はなく、やっぱりこのまま自分の部屋へ戻ろうかと思う。前のときはたすけてもらった身だからという大義名分があったが、今度はないので、ますます入りづらかった。

【4】

でも、気になる。

綺蝶はそっと襖《ふすま》を開け、どきどきしながら人気のない座敷へと上がり込んだ。

実際、通りすがりに嫌味の応酬をすることはあっても、自分から綺蝶の部屋を訪れたのは、数年ぶりのことだった。何年も中に入ったことはなかった。二間ある傾城《けいせい》用の立派な部屋に移ってからは、初めてのことだった。

つくり自体は、蜻蛉自身の部屋とあまりかわらない。

紅い襖で仕切られた座敷と、続き間の寝間。箪笥や卓袱台《ちゃぶだい》など、檜の立派なものが揃っていた。

その、続き間になった寝間の襖もわずかに開けて覗いてみる。そして吐息をついた。

（なーんだ……）

綺蝶は眠っていた。誰かついているかとも思ったが、誰もいない。

拍子抜けして、蜻蛉は綺蝶の枕許の座布団《ざぶとん》に座り込んだ。

しばらくは気が気じゃなかったけれど、大事に至らなくてよかった、と思う。

綺蝶の寝顔を見るのもまた、ひどくひさしぶりのことだった。子供の頃より、彫りが深くなった気がする。昔はもっと典型的な女顔だったと思うのに。

少し、頬のあたりが上気している。ふれてみるとやや熱かった。息がわずかに乱れがちで、苦しそうにも見える。

蜻蛉は傍にあった洗面器の中のタオルを絞り、そっと汗を拭いてやった。そして絞りなおして額に乗せる。

綺蝶が目を開けたのは、そのときだった。

「……蜻蛉……」

掠《かす》れた声で、驚いたように呟《つぶや》く。

「本物？」

「偽物に見えるか？」

「いや、幻覚かと」

そしてちょっと笑った。

「今日は自分で入ってきたんだな」

「え？」

綺蝶は顎を軽くあげた。それを追うと、枕許の障子窓にたどりつく。紅殻《べんがら》塗りの壁をまるくくりぬいて、障子が貼ってある。部屋の中が暗いと、廊下に差す月明かりが障子に影をつくるのだ。

もしかして、このあいだと同じようにあそこに影が透けていたのだろうか。

（一度ならず二度までも……）

思わず頭を抱えてしまう。綺蝶は楽しそうだ。

「こないだから踏んだり蹴ったりだと思ってたけど、案外そうでもないかもな」

「バカ。一歩間違えば死んでたかもしれないんだぞ」

脳天気な言い様に、何かむかついた。

「まーね。これが効いたみたい。何が幸いするかわからねーな」

と、綺蝶が翳して見せたのは腕のギプスだ。最初に斬りつけられたとき咄嗟《とっさ》に腕でかばい、ギプスで刃が止まったのもよかったのだろうという。

それはたしかに良かったのだろうが……蜻蛉はため息をついた。

「まったく、こんな目にあってるんじゃ、俺の客あしらいのことを貶《けな》せた義理じゃないな。客に無理心中持ちかけられるなんて」

「まーな……」

綺蝶は少し遠い目をする。言い返してこないのが不思議《ふしぎ》で、蜻蛉はつい自分から聞き返してしまった。

「どうしたんだよ？」

「いや……あれ、ただの無理心中だったと思うか？」

「それ以外の何だって言うんだ」

「そうだけどさ。よくあの人に見世に来る金があったと思って」

「金？」

確かにあの客は綺蝶に入れあげてはいたが、事業に失敗して、見世に来る金どころか家も何もかもなくし、一家離散までしていたはずだと綺蝶は言った。

いったいどこで金をつくってきたのだろう？

借りたにしても、貸すところがどこにあったのか、と。

「……って言ったってどっかで借りられたんじゃないのか？　登楼《あが》れたってことは」

「うん……」

綺蝶は考え込むような表情になる。何がそんなに引っかかっているのか、蜻蛉にはわからなかった。あれが無理心中でないとしたら、いったい何だろう？　まさか合意の上の心中だったとでも？

具合が悪くて喋るのが辛いのもあるのだろう。綺蝶は口数が少ない。

手持ち無沙汰に、蜻蛉はまたタオルを絞りなおしてやった。

ふと、思い出したように綺蝶は口にした。

「……前にもこんなこと、あったよな」

「え？」

「前に俺が寝込んでたら、おまえが覗きに来て。目が合ったらタタタっといなくなってさ。何やってんのかと思ったら、濡《ぬ》れタオル持って戻ってきて、俺の顔にびしゃっと……」

そういえば、そんなこともあった、と気恥ずかしく思い出す。

「そんな昔の話…」

「いやぁ……息できなくなって、死ぬかと思ったぜ。おまけに絞りかたが甘いから布団がびしょびしょになるわ髪は濡れるわ……いやあ、あのときに比べたらお姫様も成長──」

「悪かったなっ!!　……別にそういうつもりだったわけじゃ……っ」

あれは別に綺蝶を窒息させようとか、思っていたわけではないのだ。ただ心配で見に行ったら苦しそうだったから、せめてタオルをと思った。悪気なんてなかった。結果的にそんなことになっていたとは、今の今まで知らなかったが。

「わかってるって」

と綺蝶が笑うのへ、憮然《ぶぜん》と顔を背ける。

「……だいたいあれは、おまえが俺の客、盗ったりするから」

「ああ、まあねえ」

まだ蜻蛉は水揚げが済んでいくらもたたず、毎日のように張り見世で客に品定めされていた。綺蝶もまだ今のように、ほとんど予約だけで埋まるほどには自分の客を持っておらず、たまには格子についていていた。

そんな頃の話だ。

――そいつより俺のほうが絶対楽しめるって！

綺蝶はそう言って、つきかけた蜻蛉の客を奪っていったのだ。けれどその客はひどい嗜虐趣味のある男で、一度床をともにしただけで、綺蝶はぼろぼろにされてしまった。あのときはたしか一週間は休んでいたと思う。

あまりのことにその後その男は、紹介者ごと見世には出入り禁止になったが、あとで聞けば知る人ぞ知る変態だったのだという。犯すというよりいたぶるのが好きで、他にも何件かの遊廓《ゆうかく》や娼館で同じようなことをやった前科があったのだ。

他人の客を奪ったりするからそんな目にあう、自業自得だとそのときは思ったのだけれど。

「失敗したよな。欲かくとろくなことはねーや」

「……綺蝶」

ずっと密かに抱いていた疑惑がある。

聞こうと思ったこともあったが、ずっと聞けないままだった。迷いながら、それを蜻蛉は口にした。これを逃したら、もう機会はないような気がした。

「もしかしてあのとき客を盗ったのは、ほんとは俺をかばってくれたんじゃないのか……？」

このまえ写真館の帰りに暴漢から救ってくれたり、見世まで送ってくれたりしたときみたいに。

だってそういう噂のある男だったのなら、綺蝶は知っていたのではないかと思うのだ。禿《かむろ》の頃から吉原の中に知人が多く、綺蝶は本当にいろんなことを、いつのまにか耳にしていたものだった。

二人の仲が、一番まずかった時期だった。お互いろくに口もきかなかった。

そんな客だと知って、どうせ言っても蜻蛉は聞かない、どころか意地になると思って綺蝶はああいう手段で客を遠ざけてくれたのではなかったか――。

そんな疑問が、ずっと胸にあった。

「まっさかぁ」

けれど綺蝶は一笑に付した。

そしてまた痛そうに眉を寄せながら続ける。

「なんで俺がそこまでしなきゃなんねーんだよ？　あの頃俺たちがどんなだったか、思い出してみろよ」

真正面から否定されると、思い上がりを笑われるようで、かっと頬が赤らむ。

「ああ、そう。そりゃ悪かったな。妙な誤解してて……！」

顔を背け、立ち上がる。振袖を思いきり引いて翻す。

そして寝間の襖を開け、ふと振り向くと、綺蝶は無事なほうの手をひらひらと振っていた。

「お休み、お姫様。また明日」

（また明日!?）

明日も来いとでも言うのだろうか？

（冗談じゃない）

蜻蛉はふいと顎を上げ、力一杯寝間の襖を閉めて綺蝶の部屋をあとにした。

けれどそれからというもの、蜻蛉はときどき綺蝶の部屋を訪れるようになったのだ。

ときどきというよりは、本当は毎日だ。

あの翌日、つい気になってようすを見に行ってみれば、引きずり込まれて、起きられない綺蝶の世話を焼かされた。部屋づきの子たちはお使いに出してしまったという。

それがはじまりだった。

粥を食べさせ、薬を飲ませる合間に他愛もない話をし、つまらない喧嘩《けんか》をしては怒って自分の部屋へ戻る。

出て行こうとすると綺蝶が、

——また明日な

などと言うのだ。

——だーれが！

二度と行くものか、と思いながら、気がつけば何故《なぜ》かまた足を運んでいた。

禿たちに見られて噂されるのも嫌で、なるべく客が帰ったあとの皆寝静まった明け方に訪れる。まるで人目を忍んだ逢い引きみたいだった。

照れを隠すように憮然とした顔で枕許に座ると、他愛もない話をする。綺蝶は寝床の上にようやく起き上がれるようになっていた。

台所からこっそり分けてもらった残り物などを夜食に差し入れると、

——食べさせて

などと甘えてくる。

——しょうがないな……

わざとらしくため息をつきながら抱き起こし、食べさせてやる。あまり上手《じょうず》にできずに零《こぼ》しては、襦袢《じゅばん》の袖で拭いてやったりしていると、

——意外といい奥さんになるかもな

などど綺蝶は甲斐甲斐《かいがい》しさを揶揄《からか》ってくる。

——太らせてやろうと思ってるのかもしれないぜ

——じゃあ、番付が変わらないように、お姫様にも太ってもらおうかなぁ?

匙を奪われ、反対に一口、二口、食べさせられてしまったりする。本当に、何をやっているのかと思う。

けれど翌日になればまた、どこか浮き浮きしながら綺蝶の部屋へ忍んでいってしまうのだった。

その日も台所からもらってきた握り飯を持って、蜻蛉は綺蝶の部屋へ向かった。明け方

というには少し早い時間だったかもしれない。部屋によってはまだいくらか喘《あえ》ぎ声が漏《も》れ聞こえていた。

早過ぎるかと思いながら、あと十歩というあたりまで来たときだった。

部屋の前に灯りを持った新造《しんぞう》がいた。中に声をかけると、ややあって男が出てくる。東《とう》院《いん》だった。続いて綺蝶も襖のすぐ内側に姿を現した。

「悪りぃな、わざわざ来てもらったのに、またこんなとこで」

「いいから寝てろって。それよか、気をつけろよ。またなんかあるかもしれないんだからな」

「ああ」

そんな会話をかわし、東院は綺蝶の頬にキスをして部屋を離れた。

彼が新造に先導されて階下へ消えてから、蜻蛉は荒々しく綺蝶のところへ行った。ひどく腹立たしかった。

襖を開けると、綺蝶は寝間のほうへ戻って、布団にそろそろと横になろうとしているところだった。

「何だよ、あれ……!!」

腹立ちのままに口にする。

「あれって？」

「もう客を登楼らせたのかよ⁉」

「ああ、見てたのか。登楼ったって言っても、花代払って見舞いに来てくれたようなもんだけどな。いろいろ調べ物も頼んであったし」

「どうだか」

何を調べさせたのか、客をパシリに使ったのかと思うと、呆れずにはいられない。

「妬《や》いてんの？」

綺蝶はくすりと笑う。

「！　……っていうか、おまえ起きれたんじゃないか……‼」

起きられないというから、起こしたり食べさせたりからだを拭いてやったりまでしてやっていたのだ。それなのに。

「まあまあ。せっかくお姫様が世話してくれてるから、嬉しくてさ」

蜻蛉はじろりと綺蝶を睨む。

快方に向かいつつあるのはいいことなのだけれど。

でも何となくがっかりしたような複雑な気持ちがある。自分の手から離れてしまうようで。綺蝶が元気になって何も理由がなくなったら、ここへ来ることもなくなるのだろうか。

「……そういえばさ」

ふと、握り飯を食べ終わった綺蝶が口を開き、蜻蛉ははっと我に返った。

「おまえ、身請けの話が来てるんだって？」

「ああ……うん。どうして知ってるんだ」

「ちょっとそんな話を耳にね」

「……でも、断ったけど」

言い訳のように蜻蛉は付け加えた。綺蝶はお見通し、というふうに唇で笑った。

「本当に？」

「……。断ったけど、いくらでも待つから考えなおせってさ。……でも断るつもり」

「へえ。勿体ねぇ」

言いながら、綺蝶は笑う。その顔が少し嬉しそうに見えるのは、気のせいなんだろうか。

「おまえこそ、いつもその勿体ないことをしてるだろ」

綺蝶にも身請けの話は何度も持ち上がったことがあるのだ。

そのたびに蜻蛉は、綺蝶が受けてしまうかもしれないとどきどきし、ことごとく断るのを聞いては、あのときの約束を覚えていてくれるのかもしれないと淡く期待した。

「まーねえ」

と、綺蝶は言う。

「俺にはここの暮らしが合ってるし。出て行きたいなんて思ってねーもん」

「淫乱」

つい、小さく口にする。身請けの話を受けないのは、本当は多分そういう理由だろうとは思っていたけど。

「そんなんで、将来どうするつもりなんだよ？　いつまでも色子やってられるわけじゃないし、年季が明けたら……十年以上もずっと大門から出たこともないのに」

「さーねえ。ま、なんとかなるんじゃねーの？　娑婆《しゃば》に出ても暮らしてくらい。それとも見世に残って遣り手になるって手もありかも。俺のほうが年季明け早いし、おまえの世話係やることになったりして」

「バカ」

ひと言で切り捨てながら、強いな、と思う。

帰るところがなくても、綺蝶は本当にどこででも、どうやってでも生きていけるのだろう。

それに比べて、自分は。

色子の仕事が好きではないと言ったって、他にできることがあるわけでもないのだ。囲われるのが嫌だからといって、抱かれる以外の仕事は何も――。

「おまえこそどーすんだよ？　年季が明けたら」

「どうするって……」

「それまでには、誰か適当な旦那の世話になる？　……ま、それもいいかもな。お姫様に普通の暮らしは難しいだろうしさ。大事に囲われて、お大尽暮らしさせてもらえるんならそのほうが……」

その言葉に、ひどく腹が立った。

綺蝶は本当にそれでいいと思っているんだろうか？　自分が誰かの囲われ者になってしまっても？

「ああそうかよ、じゃあそうしようかな。せっかくいい話が来てることだし……！」

反射的に言い返して、蜻蛉は立ち上がった。

「蜻蛉」

それを綺蝶が呼び止める。また明日、なんて言われたって今度こそ行ってやるものか、と思う。

けれど綺蝶はそうは言わなかった。

「おまえ、しばらくここへは来るな」

「え……？」

思わず足を止め、振り返る。

「どういう意味だよ……？」

何故綺蝶が唐突にこんなことを言い出すのか、わからなかった。

「言葉通りだよ。いろいろヤバそうだからさ。今さらかもしれねーけど、しばらく俺の傍には……」

怒りでいっぱいになっていた頭が、なおさら沸騰した。

つい昨日まであれだけじゃれついてきていたくせに、突然てのひらを返す綺蝶が信じられなかった。本当に今さらだ。「ヤバイ」なんて何のことだか知らないが、今頃言い出したって……もう何度通ったと思っているんだろう？

結局、自分は寝込んでいるあいだのただの玩具だったのだろうか？　動けるようになったら必要ないということか。

「わかった、もう来ないから……‼」

込み上げてくるものを抑え切れず、蜻蛉は叫んで立ち上がった。

そのままきびすを返し、綺蝶の部屋を飛び出した。


悶々として眠れないままに廓《くるわ》の遅い朝を迎え、やがて夕暮れになった。

昨日まではそれなりに客をこなしていた蜻蛉だったが、今日はまるでやる気がしなかった。

断ってもらおうか……でもそうするとまた鷹村の小言を聞かなければならない。それももううんざりだと思いながら帳場の傍を通りかかると、ふいに綺蝶の名前が聞こえてきた。つい、耳を澄ます。

初会の話のようだった。蜻蛉は開いた口が塞《ふさ》がらなかった。

「あいつもう見世に出るのか？」

思わず首を突っ込んでいた。

ようやく起きていられるようになったばかりだというのに、正気の沙汰とも思えなかった。もし悪化して死ぬようなことにでもなったらどうするつもりなのか。

(まあどうだっていいけど。あんな奴)

昨日の怒りはまだ納まってはいなかった。

「見世に出るというか、初会の申し込みがありましたのでね。それならほとんど座っているだけだし、近日中に一席設けてもいいと綺蝶さんが」

そしてその日が今日なのだという。

傾城を抱くには、面倒な手順がある。初めての登楼を初会、二度目を裏を返すと言うが、ここまでは本当に顔を合わせるだけなのだ。儀式としてかたちばかりの同衾《どうきん》はしても、傾城はすぐに寝床から出て行ってしまう。

そういう決まりだから、たしかに初会から客と寝るわけではないけれども。

蜻蛉はため息をついた。

そこまでして働かなくても、休めるときは大きな顔をして休んでいればいいものを。綺蝶のことだから初会をこなせば、いずれは馴染みになるのだろう。何しろ綺蝶はほとんど客を振ったことがないのだ。

そう思うと、何かとても面白くなかった。

「まったく、少しは見習って欲しいものですね」

鷹村が当てこすってくる。

そのときふいに蜻蛉は思いついた。

見習えというのなら、見習ってやったらどうだろう？

「その客、どうして綺蝶を？」

「どうせ花降楼《はなふりろう》へ登楼るのなら、一番の売れっ妓をということのようですよ。紹介されたかたが、それは綺蝶だとおっしゃったとか」

「へえ……」

蜻蛉は不機嫌に目を細めた。そして口を開く。

「だったら、俺が代わりに行く」

「あなたが？」

自分から客のところへ行こうとする蜻蛉が、よほど意外だったのだろう。鷹村が目を見開く。

「別にかまわないだろ。向こうだってちゃんとわかって指名してるんじゃないんだったら」

「冗談じゃありませんよ。別の妓を行かせたなんてことになったら花降楼の信用問題になります」

「一番の売れっ妓だったらいいんだろ？　今月分のお職は俺じゃないか。あいつはほとんど休んでるんだから」

「それは……でも」

「結局、お客に気に入ってもらえたらいいんだろ」

まだ渋る鷹村に、蜻蛉は伝家の宝刀を抜く。

「この客、俺にくれないんだったら、今月はもう仕事しないから」

これは効くはずだった。綺蝶が見世に出られない今、蜻蛉までまったく仕事をしなかったら、大変なことになる。仕事の内容が内容だけに、縛り上げて客の前に連れていけば済むという話でもない。

鷹村はため息をついた。

「どうしてそんなにこのお客様にこだわるんです？」

「……それは……」

別にこの客にこだわっているわけではない。綺蝶の客を横取りしたいだけだが、どうして自分がそんなことをしたいのかは自分でもよくわからなかった。

「……前に綺蝶には客をとられたことがあるんだ。だから取り返してやろうと思って」

ちょっと前に綺蝶と話したことを思い出し、そう答える。答えてから、そうだったんだろうかと内心首を傾げた。

「あなたがそんなにやる気を出すなんて初めてですね」

と、鷹村は言った。

「いいでしょう。支度《したく》をしてください」


そして黄昏《たそがれ》時、件《くだん》の客が見世へやってきて、初会の宴がはじまった。

蜻蛉は、綺蝶のふりをして、澄まして上座に座っていた。綺蝶であるとも蜻蛉であるとも名のらなかったが、客は替え玉であることに気づいたようすもない。

鷹村は鷹村なりに算盤《そろばん》をはじいたようだった。

初会の前に、綺蝶でないということがわかったら、キャンセルされるかもしれない。それなら初会を終えてから正体を明かしたほうがいい。気に入れば名前などどちらでもいいということになるだろうし——何しろこのうつくしさだ。裏を返そうとしない男などほとんどいない。万が一だめでも、上手《うま》く話を持ちかければ、再度綺蝶との初会をもってもらうことができるだろう。どちらにしろ見世に損はない。

世の中に、大見世に来られるような金持ちはそう多くはない。それだけに、数少ない上客はできるだけ捕まえておきたい。それが遣り手の腕の見せ所でもある。

それに蜻蛉の我が儘にも頭を抱えていた折りでもあり、せっかくのやる気を挫《くじ》かずにすむならそれに越したことはなかった。さすがの蜻蛉も、自分から横取りした客を振ることはないだろう。

そしてまた、綺蝶はまだ本調子ではないという事情もあった。初会はともかく裏、馴染みと続けば、こなせるかどうか怪しい。それなら、蜻蛉で決まってくれたほうが。

鷹村のそういう計算は、廓暮らしの長い蜻蛉にもだいたい察せられていた。

(もう、ばらしても平気だと思うけど)

しきたりどおり、客とは口もきいてはいないが、客の視線に舐めるような欲望の色を感じる。結局は客に気に入られてしまえばいいだけのことなのだ。

(それにしても……)

客はあまり上品な男ではなかった。好色そうな目をしていた。勿論好色でなければ廓などにはこないだろうが、それがあまり剝《む》き出しなのは蜻蛉は苦手だった。無理に横取りしたのを後悔してしまうほど。

だいたい何でこんなことを思いついてしまったんだろう?

やがて宴はお開きになり、床入りということになる。

初会の床入りは儀式的なもので、客の横に寝るだけで、数分で何もせずに出てもよかった。

（……だから今回はいいけど）

いずれは馴染みにならなければならない。

それを思ってひどく憂鬱になりながら、褥《しとね》の用意された部屋へ行き、待っていた客の脇にそろりと身を横たえた。

その瞬間だった。

「……ぐッ……」

体重をかけてのしかかられ、たすけを求めようとした口を手で覆《おお》われた。

初会は傾城を抱くことはできない花降楼のシステムを知らず、手を出そうとしているのだろうか。

最初はそう思った。

けれど男は蜻蛉の口に丸めたタオルのようなものを突っ込み、どこかから取り出した手拭いで手早く蜻蛉に猿轡《さるぐつわ》を咬ませたのだ。ただの情交のためならこんなことをするだろうか。

恐ろしくて身が竦《すく》む。そして体格差がありすぎて、押しのけようとしてもどうにもならなかった。

「……何をされるのかと思ってるだろ」

男が低く囁いてきた。

「たっぷり楽しんでから殺してやるよ。そうしていいってお達しだからな」

「――……！」

喉の奥で悲鳴が掠れた。背筋がぞっと冷たくなる。

（殺される……！）

以前の誘拐未遂のことが脳裏を過《よ》ぎった。あれとこれとは繋がっているのだろうか。この初めて見る男は、誰かに頼まれて蜻蛉を殺そうとしているのだろうか？

前のときは綺蝶がたすけてくれた。でも今回は、悲鳴もあげられないのでは、誰にも気づいてもらえないに違いない。

男が腰を抱えあげてくる。

「突っ込んで首締めると、彼処《あそこ》がきゅーっと締まってイイんだよ。知ってるか？　死ぬ瞬間の痙攣なんて特にな」

「う、う――ッ」

蜻蛉は激しく首を振り、抗《あらが》った。

それにもかまわず、屹立《きつりつ》した楔《くさび》があてがわれる。潤滑剤を塗ってあるのか、ぬるりとした感触がある。拒めなかった。

「――ッ!!」

引き裂かれる痛みに、口を塞がれたまま喉の奥で悲鳴をあげた。

その喉に、男が手をかけてきた。ぎゅっと締めつけられ、息ができなくなる。殺される、と本気で思った。

けれど男は、蜻蛉が意識を失いかけたところで手を放した。蜻蛉は咳き込んだ。たすかった、と思った。だが解放されたわけではなかったのだ。咳が納まるのを待って、男はもう一度同じように蜻蛉の首を絞めた。

何度も何度も楽しんで、最後に殺すつもりなのだ、とようやくわかった。

冗談じゃない、と思う。こんな死に方してたまるものか。

だが声も出せず、抗う力がどんどん抜けていく。男が首を締めながら、蜻蛉の中で射精したのがわかる。嫌悪感に涙が零れた。

何度目かに首を絞められたとき、すうっと意識が遠くなるのを感じた。

今度こそ死ぬのかも、と思う。

(綺蝶……)

もう遅いけど、喧嘩したまま別れたくはなかった。……綺蝶が身請けの話を受けろなんて言うから。

朦朧《もうろう》とした頭で昨夜のことを思い出し、だったらもう死んでもいいかも、などと脈絡もなく思う。

(でも……簪《かんざし》つけてるとこ、一回ぐらい見せてやればよかったな……)

もう棺桶に入れてもらうように遺言もできない。

そんなことを思ったときだった。

いきなり、からだにかかる重みが消えた。

空気が肺まで入ってきて、蜻蛉は激しく咳き込む。そして薄く目を開けると、客を叩きのめす綺蝶の姿が視界に飛び込んできた。

「綺蝶……」

猿轡を咬まされた、とても判別できないくらいくぐもった声で、蜻蛉は呼んだ。

綺蝶はそれでも聞き取ってくれたらしい。ぐったりとした男を放り出し、駆け寄ってきた。

蜻蛉のからだを抱き起こし、猿轡を外してくれる。

「綺蝶……!」

それが解かれるや否や、蜻蛉は彼の胸にしがみついた。

【5】


蜻蛉《かげろう》を襲った男は警察へと引き渡された。

数日に渡る取り調べの末、男は依頼されて今度の犯行に及んだことを自供した。

依頼したのはある暴力組織の関係者であり、真の狙いは蜻蛉ではなく綺蝶《きちょう》のほうだった。

男はまさか座敷に来たのが別の傾城《けいせい》だとは夢にも思わず犯行に及んだのだという。

誘拐の件以降、吉原に出入りする車のチェックは厳しくなっていた。また花降楼《はなふりろう》には常に大勢の人間が起居しているうえに、傾城ともなれば独りになる時間が極端に少ないので手が出しにくく、そのため客を装って相手に近づくという手段をとることになった。

嗜虐趣味があり、行為中の事故を装って相手を殺せる人間、ということで選ばれたのが実行犯の男だった。それなら過失致死ですぐに刑期も終わると説得され、男は依頼を引き受けたということだった。

そして以前の誘拐未遂事件と、無理心中事件もまた、同じ目的のために同組織の手で計画実行されたものと判明した。

だが、そもそも組織に綺蝶を殺せと依頼した人間は誰なのかということは、わからないままだ。

捜査は途中で唐突に打ち切られてしまった。

どこかから圧力がかかったのは想像に難くない。

けれどそれでもともかく、中途半端ながら一応事件は終わったと思われたある日のことだった。

北之園《きたのその》という家から、綺蝶の許に弁護士がやってきた。


「綺蝶さんが実は北之園家の御曹司《おんぞうし》で、お屋敷に引き取られることになったって……！」

その日から、花降楼に噂が駆け巡った。

北之園家というのは元華族の高貴な家柄であり、戦後没落した華族が多い中を上手《うま》く泳ぎ抜き、現在でも手広く事業を経営する大金持ちだという。

その北之園家当主の亡くなった一人娘が遺した子供――それが綺蝶だというのだった。

蜻蛉の耳にも入ってきたが、とても信じられるような話ではなかった。

（綺蝶が元華族だって……？）

綺蝶はどちらかといえばがらっぱちで、傾城らしくない傾城だった。華やかな容姿を裏切る気さくなところを気に入って、客も通ってきていたのだと思う。それなのに。

(ありえない)

信じられなかった。

というより、信じたくなかった。

けれどほんの数日のうちに繰り返し訪れる使者や、そのたびに囀《さえず》られる噂話を聞くにつれ、笑い飛ばしてはいられなくなった。

綺蝶に聞こうと思い、部屋へ行きかけて躊躇《ためら》う。

だってもしその話が本当なら、綺蝶はこの見世《みせ》を出て、手の届かない場所へ行ってしまうということなのだ。

確かめるのがたまらなく怖かった。

それにだいたいそれなら、綺蝶のほうから言ってくれてもいいんじゃないか？　何も言ってこないのは、事実ではないからなのではないのか。

それとも蜻蛉のことなど、重要な話をするほどの相手じゃないと思っているのだろうか。

そういえば綺蝶はあの初会の男から蜻蛉をたすけてはくれたけど、その前には身請けを勧めるようなことを口にしてもいた。

そんなことを思い出すと、ますます綺蝶の気持ちがわからなくなる。

蜻蛉の心は千々に乱れた。

意を決して綺蝶に会うきっかけになったのは、皮肉にも岩崎《いわさき》の登楼だった。

——身請けの話、考えなおしてくれた？

と、岩崎は言ったのだ。

——綺蝶も北之園家に引き取られるっていうし、もうこの見世にも未練はないでしょう
何の関係もない岩崎まで、知っているということが、ますます噂の信憑性《しんぴょうせい》を高めた。

岩崎を送り出すと、衝動的に綺蝶の部屋を訪ねた。

けれどそこには綺蝶はいなかった。禿《かむろ》たちに聞いても、どこに行ったか誰も知らないという。

もしかして誰にも告げずに北之園家へ行ってしまったのではないかというありえない不安を抱え、蜻蛉は綺蝶を捜した。

そしてふと思いついたのは、幼い頃よく二人で過ごした「隠れ家」だ。

綺蝶と離れてから、ここへ来るのは初めてになる。

あんなことがあって、鷹村《たかむら》に出入りを禁じられたせいもある。けれどそれ以上に、ここに来ても綺蝶に会えなかったら、と思うと来られなかった。彼に本当に避けられ、嫌われているのだと思い知らされるのが、怖かった。

数年ぶりに、蜻蛉は夜具部屋の襖《ふすま》に手をかけた。

少し力を込めると、音もなく開かれる。

「綺蝶……っ」

灯りを点さないままの薄闇の中、仕掛けを纏《まと》った綺蝶の姿があった。あの頃のまま、赤い布団《ふとん》の山に背を凭《もた》せかけ、窓の外を眺めていた。

予感はあった。ここにいるかもしれない――いないかもしれない。

ゆっくりと綺蝶が振り向く。

「よぉ……めずらしいじゃん」

「……っ」

背中で襖を閉め、駆け寄る。けれど傍に座り込んだまま、顔を合わせたら言葉が出てこなかった。ただ、綺蝶の顔を見上げる。

「あの話、聞きに来たんだろ？」

「本当なのか……!?」

「らしいねえ。血液検査とかやってたし、間違いないっぽい」

その答えは、蜻蛉にはひどい衝撃だった。いきなり綺蝶が遠くなったような気がした。犬猿といわれてはいても、同じ世界に生きている――年季が明けるまではずっとそうだと思っていたのに。

「……本当なら、どうしてもっと早く教えてくれなかったんだよ……！」

「聞かなかったじゃん」

「それは、……でもっ……」

「なーんてね」

くす、と綺蝶は笑った。

「おまえから聞きに来て欲しかったからだよ。気になるんだったらそうするはずだろ？　時間かかったけど、ま、いーや。許してやる」

綺蝶は話しはじめた。

噂のとおり、綺蝶は北之園家の一人娘が生んだ子供だったのだということ。

相手の男はハーフの留学生だったのだという。綺蝶の髪や目の色がやや薄いのは、その父親の血を引いているためなのだろうか。

親に反対されて駆け落ちし、男に先立たれて苦労して、もともとからだの弱かった娘は、探し出されたときには既にぼろぼろになっていた。そして屋敷で子供を産み、すぐに死んでしまった。

独り残された子供は、けれど女中によって屋敷から誘拐されることになる。

「その女中っていうのが俺の育ての母親ってわけ」

父親はともかく母親のほうは実の親だって信じてたんだけど、と綺蝶は言った。

「どっちにも似てないとはよく言われたけどさ」

話を聞きながら、蜻蛉は眩暈《めまい》のようなものを感じていた。

やっぱり噂は本当だった。綺蝶は行ってしまう。でもそれが綺蝶にとっては一番いいことなのだ。……そう思うと、目の前が暗く霞《かす》む気がした。

彼女は当時、たまに屋敷に来る当主の甥の愛人になっていて、甥に強く頼み込まれて子供を攫《さら》った。けれどその子を始末しろと言われてどうしてもできず、子供を連れて逃げたのだ。金に困ってソープで働きはじめ、そこで出会った客の紹介で自分と子供の戸籍を買い、愛人と北之園家の追跡から逃れた。綺蝶の父と出会い、結婚したのはその後のことだ。

綺蝶の父は、ずっと綺蝶の出生について知らなかったらしい。

「知ってたら金蔓にしないわけないし、ま、それはたしかだろうな」

だが、彼はある日、しまい込んであった彼女の日記と彼女宛の手紙とを見つけ、すべてを知ることになる。そしてそれを北之園の甥に高く売りつけた。

二十年以上過ぎて彼女のことも子供のことも半ば諦め、忘れかけていた甥は驚いた。

やっと当主が行方不明の孫を諦め、彼のことを跡取りに据える気になってくれたところなのに。

綺蝶の父から日記と手紙を買い上げ、子供を吉原の花降楼へ売り飛ばしたことを聞いた彼は、兼ねてから懇意にしていた組織に綺蝶を始末することを依頼した。

無理心中未遂事件は、綺蝶に入れあげて破産した客に、無理心中することを条件に、組織が登楼する金を渡したもの。最初の誘拐未遂事件は、蜻蛉と綺蝶とを取り違えての犯行だった。

「いつもあそこに写真撮りに行ったとき、終わったら真っ先に出てくのは俺だからさ。他のどんな傾城と一緒に来たときでも、いつもそうだった。あの日はたまたまおまえが怒って先に飛び出したせいで、ああいうことになったけど。とにかく最初に出てくる奴、って指示が出てたらしい」

あんなやりかたをしたのは、上手《うま》くやり遂げさえすれば、多少目立ってもかまわないと思っていたからだろうか。

綺蝶が東院《とういん》に調べてもらったのも、この二つの事件のことだった。

無理心中の客の口座に金を振り込んだ相手と、誘拐事件に使われた車のナンバーの持ち主。それはどちらも同じ組織の関係者らしいとわかり、綺蝶は蜻蛉を遠ざけようとした。狙われているのが自分なら、近くにいるとまたとばっちりを受ける可能性があると思ったからだ。

「……守ってやるどころの話じゃなかったな。巻き込んだのは俺のほうだ。……ごめん」

「そんなの……っ」

蜻蛉は首を振った。

最初の事件のとき綺蝶がたすけてくれなかったら、きっとあのまま蜻蛉は誘拐されていただろう。そのあとで人違いがわかったからと言って、無事帰してもらえたとは思えない。どこかへ売られて行方もわからなくなったか、最悪殺されていたかもしれない。

「おまえがたすけてくれたから……っ」

そんな目にあわずに済んだ。

そしてまた、初会の男に首を絞められたときもだ。綺蝶が来てくれなかったら、死んでいたかもしれなかった。

どうして危機がわかったのかと聞けば、蜻蛉が客を横取りしたと聞いてなんとなく胸騒ぎを感じていたのだと綺蝶は言った。蜻蛉は初会の褥《しとね》からなかなか出て来ず、心配になって、無粋なこととは思いながらこっそり覗いてみれば、蜻蛉が男の下で犯され、殺されかけていた。

「一目見て頭に血が昇った」

そう言われて、あのときの自分のひどい状態を思い出し、蜻蛉はいたたまれなくなった。男の楔《くさび》に穿《うが》たれて血を流していたのだ。着物も滅茶滅茶に乱れ、首を絞められてさぞ見苦しい姿をしていたに違いない。あんな姿は、綺蝶にだけは見られたくなかった。

でも、たすけにきてくれて嬉しかった。

背けた頬に、綺蝶のてのひらがそっとふれてくる。そのまま唇が重なった。

キスされる、とわかったけれど、避ける気になれなかった。やわらかく下唇を啄《ついば》まれ、上唇を啄まれる。包み込むような口づけに頭が痺《しび》れ、抗《あらが》うのも忘れてされるがままになる。

いつのまにか腕を綺蝶の首に回していた。

このまま離したくなくて、縋《すが》るように力を込める。――でも。

北之園家のことが本当だとわかった以上、綺蝶は行ってしまうに違いなかった。これは身請け話とは違うのだ。綺蝶は本来いるべき場所に帰れる。帰る家ができたからだ。

北之園に帰れば、そこには綺蝶の実の祖父が待っている。彼は多分、本当に娘の忘れ形見を愛しているはずだった。

そうでなければ、色子上がりの孫を引き取ったりはしないだろう。上流階級にもたくさんの馴染みを持つ綺蝶の経歴は、隠すことなど不可能だからだ。必ず醜聞になる。それでも一緒に暮らそうとするのは、愛情があるからに違いなかった。

苦界から抜け出して、綺蝶はしあわせになれるのだ。

「……さよならだよな……？」

ようやく唇が離れると、綺蝶の胸に顔を埋めながら、蜻蛉は呟《つぶや》いた。

「十年……長いようで短かった。よく喧嘩《けんか》したけど、けっこう楽しかったよ。いろいろ世話にもなったよな。……その……ありがと」

ああ、やっと言えた、と思った。ここ最近の事件のことだけじゃなく、子供の頃からずいぶん世話になったと思うから。

「おまえ、それでいいのかよ？」

「何が……？」

震えそうな声を抑えて聞き返す。

「俺が北之園の家に帰って、二度と会えなくなってもいいのかって言ってるんだよ」

綺蝶のその科白《せりふ》は、鋭く蜻蛉の胸を抉《えぐ》った。

どうにか抑えていた涙が零れそうになる。蜻蛉はぎゅっと手を握り締めて耐えた。

「だってこんないい話、断る奴はいないだろ。……ま、こっちは却《かえ》ってせいせいするくらいなんだからさ、……さっさと行けばいい」

「行くなって言えよ」

蜻蛉の言葉を、まるで聞いていないように無視して、綺蝶は言った。

「何言ってるんだよ」

笑い飛ばそうと目を逸《そ》らす蜻蛉の肩を、綺蝶は強く摑む。

「行くなって言え！　俺のこと好きだって言えよっ」

「冗談……!!」

綺蝶の手を振りほどく。

(行かないで)

その言葉が、痛いくらい胸で渦巻く。

どこにも行って欲しくなかった。ずっとここにいて欲しい。手の届くところにいて欲しい。おまえが傍《そば》にいなくなったら、どうしたらいいかわからない。

少しでも口を開けば溢れて来そうだった。

だけど蜻蛉は言えなかった。

だってここにいるより、北之園に帰るほうが絶対しあわせになれる。それがわかっているのに、すべてを捨ててここにいろなんて言えなかった。

しあわせになって欲しい。綺蝶の足枷にはなりたくない。

いや……頼んだからと言って、綺蝶が北之園の話を断ってくれると言ったわけではないのだ。もしかしたら自分は、懇願《こんがん》を振り捨てて行ってしまう綺蝶を見たくないだけなのだろうか？

「行かないで、って言ってみろよ」

綺蝶は繰り返す。

「……」

「俺がいなくなったら寂しいって……行かないでって、おまえがひとことそう言ってくれたら、俺は」

蜻蛉は激しく首を振った。

そして生木を裂くような気持ちで、綺蝶から自分のからだを突き離した。立ち上がり、震えそうな声を必死で抑えて、蜻蛉は言った。

「俺……岩崎さんに身請けされることにしたから」

そんな気は、本当は全然ないけど。

「だからおまえが行こうとやめようと、関係ないから。勝手にどこへでも行けばいいだろ……！」

言い捨てて、蜻蛉はきびすを返した。いつまでも顔が見えるところにいたら、本当に泣いてしまいそうだった。泣き顔は絶対に見せたくなかった。

部屋の外へ出て、ぴしゃりと背中で襖を閉める。

そのまま崩れそうな脚に鞭打って、蜻蛉は階段を駆け下りた。

抜け殻のような気分で、蜻蛉は自分の部屋へ帰ろうとした。
——年季があけたらさ
昔、綺蝶が言った科白が何度も耳に蘇っていた。
——一緒にあの門を出て行こう
もう果たされない約束を思い出すのが辛くてならなかった。早く独りになりたかった。

けれど自分の部屋のすぐ傍まで来たとき、蜻蛉は二階の手水《ちょうず》の傍で東院にばったり会ったのだ。

今、一番会いたくなかった相手かもしれなかった。

挨拶《あいさつ》さえせずに、さっと避けて自室へ逃げ込もうとする。だが、さりげなく東院に回り込まれ、道を塞《ふさ》がれた。

「綺蝶が来なくて退屈してんだけど、ちょっとつきあわない？　お姫様」

綺蝶は夜具部屋でさぼっていると、よっぽど言ってやろうかと思った。けれど隠れ家のことは言いたくなくて、黙り込む。それにもう、まともに会話をするのも苦痛だった。

東院はこのところ毎日のように登楼しているようだった。

この期に及んでまだ商売を続けている綺蝶も綺蝶だが、抱きおさめとばかりに通ってくる東院も東院だと思った。自然、彼に向ける視線もきついものになる。

「怒った顔も綺麗だね。なんか蒼い火花でも見えそう」

などと東院は脳天気に言った。

「綺蝶とは長いつきあいだからね。もうすぐこの見世からいなくなるのかと思うと、なんだか切なくてね……」

それはこっちの科白だと思いながら、蜻蛉は黙っていた。

東院もたしかに綺蝶とは長い馴染みではあったのだ。何しろ水揚げからのつきあいになる。彼は彼なりに綺蝶を惜しんでいるのだろう。

「綺蝶を最初に見初《みそ》めたのは、写真だったんだよね」

と、東院は言った。

「その頃まだ俺は大学院にいて、友達が新造《しんぞう》だった綺蝶の絵葉書見せてくれたんだよ。興味なかったけど、一目見て滅茶滅茶驚いたね。何せ初恋の人そっくりだったからさ」

その話は、前に綺蝶から聞いたことがあった。

「もうすぐ水揚げだって聞いて、どうしても欲しくなってね。まだ自由になる金なんかたいして持ってなかったけど、なんだかんだと親父を騙して出させてさ、いろいろ根回しもして、なんとか漕ぎ着けた。あのときは嬉しかったね。初恋の人そっくりってこともあったけど、本当に可愛かったからね、あの頃の綺蝶は。——写真、見る？」

「え？」

「そのとき俺が一目惚れした写真」

「……いつも持ち歩いてるんですか、それ」

つい、嫌味を口にすると、東院は笑った。

「そういうわけじゃないけど、お姫様に会ったら見せてやろうと思ってさ」

「俺に？　……どうして」

「見たくない？　ほら」

目の前に差し出され、蜻蛉はつい受け取った。

「あ……」

写真の中、まだ十七歳になったばかりの綺蝶は初々しく、今ほどの艶はないが、とても可愛らしかった。少し幼く、顔立ちにも線のやわらかさが残っている。ちらりとこちらへ視線を投げて、悪戯《いたずら》っぽく笑う。今もだが、このころの綺蝶はよくこんな表情をした。

目にした瞬間、この写真を撮った頃のことが、押し寄せるように胸に蘇ってきた。

綺蝶は新造になったばかりで、蜻蛉自身はまだ禿だった。桜色の木綿から紅い正絹に着替えた綺蝶は本当に綺麗で、そのお仕着せがよく似合った。そしてこの頃は、まだとても仲がよかったのだ。

何をするにも一緒にいて、暇さえあれば二人で夜具部屋に籠もった。毎日綺蝶が起こしてくれて、顔を洗うのから着物から髪を結うのまで世話を焼いてくれた。そしてそれを綺蝶自身も楽しんでやっているのが伝わってきていたと思う。何かあると綺蝶に頼り、その背中に隠れた。

込み上げてくるものに耐えられなくなりそうになり、蜻蛉は無言で写真を東院に突き返した。

「綺蝶はずっとあんたのこと、可愛がってたよな」

それを仕舞いながら、東院は言った。

「え……？」

「最初の頃、よく話してたし。なんか目に入れても痛くないっての？　そんな感じに聞こえて、けっこうむかついたんだぜ。知らなかっただろ？」

蜻蛉は頷いた。けれど頷きながらも半信半疑だった。綺蝶がそんなにも自分のことを話題にしていたなんて。

「まあ逆に言えば、客にそんな話するなんて、それだけ俺に気を許してくれてたってことでもあったんだろうけど」

「……」

「妬《や》ける？」

「……別に」

ふいと顔を逸らしてみたものの、この男にはお見通しという気がする。

「だけどいったい綺蝶は、あんたなんかのどこがよかったのかね？　確かに凄ぇ綺麗な顔してるけど、それだけじゃねえ？　あんたのこと可愛がるあまり、俺なんか滅茶苦茶な話を持ちかけられたこともあるんだけど」

意地悪く顎を捉えられ、蜻蛉は東院を睨みつける。出来る限りの嫌味を口にしてみる。

「……三人で……ってあれ、東院さんだったんですか？」

「違う違う……！　っていうか、言ってみたこと、一度はあるんだけどさ。……そんな目で見ないでくれる？　綺蝶のためでもあったんだから、俺のは。まあ俺自身もやってみたいと思ってなかったって言ったら嘘になるけど」

「綺蝶のため……？」

「一回ぐらい綺蝶にあんたを抱かせてやろうかと思ったんだよ。ま、結果は知ってのとおり、あんたに一蹴されたわけだけど」

そんなことが、綺蝶のためになったかどうか。その気になれば、いつだって綺蝶は自分を犯すことぐらいできたと思う。同じ館で暮らしているのだ。機会はいくらでもある。それでも綺蝶は手出しなどしてこなかったのだ。

「そういうことじゃなくて、綺蝶に頼まれたことがあるんだよ」

「……何を」

「あんたと、二人一緒に身請けしてくれって」

「え……？」

蜻蛉は驚いて思わず顔を上げた。

「二人、一緒に……？」

「ありえないだろ、そんなの。バカだよなあ、綺蝶も。ちょっとでも可能性があると思うなんて、ガキだったんだよな。しかも、身請けしたあとも犯っていいのはあいつだけで、あんたには手を出すなってさ。そんなの乗る客がいるわけねーだろう。無茶すぎ。でも綺蝶はマジだったみたいけどな。……他人の水揚げであんなに泣く子が、自分の水揚げに耐えられるわけない、だからその前に、ってさぁ……バカみてぇ。今やこんなに立派にお職も張れる一人前の傾城になったあんたがさ、そんなにやわだなんて、綺蝶の目も節穴だったね。ん？」

「あれは違……」

綺蝶の水揚げを泣いて嫌がった自分を思い出す。でもあれは、綺蝶の水揚げだから嫌だったのだ。綺蝶が他人の腕に抱かれるのがゆるせなかった。自分の水揚げだって嫌だったけど、それより何百倍も綺蝶の水揚げが嫌だった。

「――あのとき、な」

と、東院は言った。

それだけで彼の言う「あのとき」が、綺蝶を膝に抱いた東院と自分の目が合ったあの瞬間のことだと、何故か蜻蛉にはわかった。

「あのときも、その話をしていたんだよ、俺たちは」

「――……」

蜻蛉は目を見開いて言葉を失った。

蜻蛉がその姿を見て子供じみた癇癪《かんしゃく》を起こし、綺蝶に当たり散らしたあのとき、当の綺蝶は二人分の身請けを東院に頼んでくれていた？

（そんなことって……）

「あんなに可愛がられてたのに、何であいつと仲違いなんかしたんだよ？」

黙り込む蜻蛉の答えを待たずに東院は続ける。

「もしかして、あのとき俺と綺蝶のああいうとこ、見ちゃったのがきっかけになったんじゃないかって俺には想像ついてたけどね。でも綺蝶には言わなかった。あんたは恋敵みたいなもんだったからね。——けど、それももう過去の話だけどさ」

「過去……」

「実は俺の初恋の人ってのは、俺の従姉《いとこ》に当たる人なんだよ。凄く綺麗な人で、子供の頃滅茶苦茶憧れた。まさか綺蝶の母親だなんて、そんな出来過ぎたこと思いもしてなかったけどさ。……わかる？　つまり俺と綺蝶とは親戚になるんだよ。色子としての綺蝶は抱けなくなるけど、親戚として自由にいつでも会える仲になるってわけ。もう客じゃないし色子じゃない。——綺蝶はね、俺と恋愛するんだよ」

その言葉はひどい衝撃だった。くらりと目の前が揺れた気さえした。

「おっと、長いこと悪かったね」

と、東院は言った。

名代が部屋で待ってるから、と蜻蛉をその場に残し、彼は立ち去る。

蜻蛉は廊下の手すりに縋るようにしてずるずるとしゃがみ込んだ。

綺蝶はここを出て行く。そして東院とも娑婆《しゃば》の誰とも好きに会えるようになる。東院と恋愛するかもしれない。他の誰かとするかもしれない。

でも、自分はもう二度と綺蝶とは会えないかもしれない。

わかっていたことのはずなのに、胸の中に、怖いくらいどす黒いものが渦を巻く。

(外に出たい。俺も……!!)

それは目の前が真っ暗になるような考えだった。

でも、どうやったら出られる?

「……どうかしましたか?　具合でも?」

うずくまる背に、鷹村が声をかけてくる。

何でもないと首を振りかけ、ふいに思いついた。蜻蛉は顔をあげ、彼を見上げて言った。

「俺、岩崎さんの話、受けることにしたから」


身請けが決まると、すぐにそのための準備がはじめられた。

蜻蛉は鷹村とともに、楼主にも呼ばれた。

——ついにその気になったのですか

楼主からは、まるで揶揄《やゆ》するようにそう言われた。
――これまでどんなにいいお話があっても、ことごとく袖にしてきた姫君が、ついに人のものになりますか
――無理に受けなくてもよいのですよ。見世としては、あなたのような売れっ妓にはいつまでもいていただいて、稼いでいただいたほうが得なのですからね。――ですが
楼主はふだんの見世のことは鷹村たちに任せていて、要所要所にしか姿を現さない。彼の部屋へ呼びつけられるのは、水揚げが決まったとき以来だった。部屋は相変わらず派手で居心地悪く、落ち着かなかった。
――一度話が動き出してしまえば、引き返すことはできません。花降楼の信用に関わります。わかっていますね
三十代半ば過ぎの、まだ若く廓《くるわ》の経営者としてはらしくない上品さを持ちながら、言葉にはひどく威圧感があった。居心地悪く感じてしまうのは、そのせいもあるのかもしれなかった。
どこかで揺れる気持ちを抱えながら、蜻蛉は頷いた。
――綺蝶が去り、あなたが去り……長いあいだ二枚看板とも双璧とも言われた二人が同時にいなくなるとなると、花降楼も寂しくなりますね
楼主は窓の外に遠く目を向け、そう言った。

つられて彼の視線を追えば、傍に張り出した樹の枝に小鳥が囀っていて、それを見た途端、胸が締めつけられるように痛くなった。

……けれどもう、これで後戻りはできない。

その後、岩崎と見世のあいだで金額の交渉がなされ、佳き日が選ばれた。

花降楼を出て行くための、家移りの用意もはじめられた。

部屋付きの子たちに手伝わせて、荷物の取り纏めをした。もう着ることもなくなる派手な仕掛けや髪飾りなどを、蜻蛉は形見分けのように部屋の子たちに配った。

これからどういう暮らしをするのかはまだ聞いてはいないが、おそらくどこかに囲われることになるのだろう。

身一つで来てくれていいから、と岩崎は言っていた。

——欲しいものは何でも買ってあげる。だから他の客にもらったものは全部捨てておいでよ……

「あの、こっちの箱のは？」

声をかけられ、蜻蛉はもの思いの淵から浮かび上がる。

「ああ、好きに分けていいよ」

「この包みは？」

「それも……」

好きにしていい、と言いかけて、蜻蛉は言葉をとぎらせた。

新造が差し出したのは、あの日綺蝶にもらった珊瑚の簪《かんざし》だった。

最初から箱はなかったから、懐紙に包んで鏡台の引き出しにしまっておいた。

「わぁ可愛い……！」

そろそろ片づけに飽きた禿たちが寄ってくる。新造から簪を受け取った蜻蛉の手の中を、覗き込む。

「綺麗ですね」

「これもいただいちゃっていいんですか？」

そう言いながら伸ばしてくる手から、蜻蛉は思わず簪を引っ込めた。

その勢いに、一瞬場がしんとなる。

「あ……悪い」

蜻蛉ははっとして謝った。

「……これは持ってくから……」

ぎゅっと胸もとで握り締めたまま、言う。

もうこれも挿《さ》すことはないのだろう。それでも、ずっと持っていたかった。

その夜は、岩崎の登楼があった。

身請けの前の、最後の登楼になるだろう。その日がもうすぐそこまで迫っていた。

「嬉しいよ。やっと承知してくれて……」

背中から蜻蛉を抱き締めて、岩崎は囁《ささや》いてきた。蜻蛉は人形のようにされるがままになっていた。

考えているのは、外へ出られれば、また綺蝶に会えるということだけだった。

(でも、会ってくれなかったら?)

そう思いついて、ふいに不安になる。見世では同僚でも、一歩吉原を出れば向こうは北之園家の跡取りで、こっちは囲われ者だ。……もし、会ってくれなかったら?

(そんなことない)

綺蝶は見世で、どんな客でさえ断らなかった色子なのだ。気易く誰とでも話をし、世話を焼いたりする性格で……それが急にてのひらを返すなんてありえない。

(でも、あったら?)

そもそもどうやって会う算段をすればいいのか。

お屋敷を訪ねるか、電話して呼び出すか、手紙を書くか……いったい何を口実に? 蜻蛉には、越えるにはひどく高い壁に思われた。偶然を装って待ち伏せでもする?

「大切にするよ、きっと」

何も知らず喜んでいる岩崎にはとても悪いことをしていると思う。こんな邪な理由で身請けの話を受けるなんて、本当にこれでいいのかとも思う。けれど今さら振り返ってみても、もう取り返しのつかないところまで話は進んでいた。

岩崎は様々なことを言い、繰り返しかき口説《くど》いてくる。

「――え……？」

それをほとんど聞き流していた蜻蛉は、ふいに耳に入ってきた単語に顔を上げ、彼を振り向いた。

「今……何て？」

信じられないような科白を聞いたような気がしたからだ。

岩崎の答えは、蜻蛉にとっては恐ろしいものだった。

「留学するって言ったんだよ。……っていうか遊学かな。家は貿易商だからね。若いうちに外を見てくるようにとは前から言われてたんだ。身請けが終わったら、あなたを連れて行くよ。来年は大学も四年になるから、レポートだけ出せばほとんど行く必要なくなるしね。新婚旅行みたいで楽しそうだと思わない？」

「あの……」

信じられず、声が震えた。

「どれくらい……？」

「さあ？　どうせ卒業すればどっかの支社に配属されることになるからね。日本に帰ってくるのは三年後か五年後か……十年くらいかかったりして」

「――……」

その言葉に蜻蛉は殴られたような思いがした。

外国へ連れていかれる……！

そんなのは、思いつきもしなかったことだった。外国へ連れていかれる。そしてそのまま、十年も帰って来られないかもしれないなんて。

冗談じゃなかった。そんなことなら、ここにいたほうがまだましだった。でも、今さら話を白紙に返せるわけはない。

ざあっと音を立てて意識が遠退いていくような気がした。

(罰が当たったんだ)

呆然とそう思う。他の男に会うために、岩崎を利用しようとなどしたからだ。人としてしてはならないことをしようとすれば、必ず報いがくる。

そんな蜻蛉を覗き込み、岩崎は薄く笑った。

「残念だったね？」

蜻蛉ははっと視線を上げた。

――何もわかってないとでも思う？

岩崎の目の中にそんな科白を見つけたような気がして、背筋がぞっと冷たくなる。

まさか彼は、蜻蛉の考えも何もかも察した上で、外国行きなどを決めたのだろうか？

綺蝶と引き離すために、わざと……？

混乱したまま、明け方になって蜻蛉は岩崎を送り出した。

部屋へ戻ってくるともう立っていることもできず、禿たちを下がらせ、畳に座り込む。

（どうしよう）

このままでは外国へ連れていかれてしまう。

自業自得とはいえ、それでは何のための身請けかわからなかった。だが、回りはじめた歯車を、今さら止めることなどできるはずもない。

いっそ逃げ出したいと思い、そんなことはできないと思う。

吉原は昔同様、高板塀と鉄漿溝《かねみぞ》で囲われ、大門には見張りがいる。足抜けなんて、そんなに簡単にできるわけがない。

そのときふいに思いついた。

自分が誘拐されかけたとき、連れ込まれそうになったのは、資材搬入用の許可車両を装った車だった。

あれは偽物だったけど、本物の許可車両なら客が帰ったあとの時間に何台も駐車されている。花降楼の裏にも毎朝、敷布やおしぼりなどの搬入車が来ているはずだった。その中にこっそり紛れ込むことができたら、外に出られるかもしれない……！

急に光が差したような気がして、蜻蛉は窓の外を伺った。

そろそろ陽が昇りはじめている。

搬入車がやってくる時間まで、あと少しだろう。

蜻蛉は仕掛けを脱ぎ、長襦袢《ながじゅばん》一枚の動きやすい姿になって、そっと階下へ下りていった。

見つからないように階段の影に隠れて、ようすを伺う。

恐らく小一時間ほどはそこで待っていただろうか。すっかり辺りが明るくなってから、ようやく搬入車が到着した。

男二人が荷台の扉を開け、持ってきた品物を運び出す。

その隙に蜻蛉は荷台に乗り込み、扉を内側から閉めた。

中にはまだ梱包されたままの赤や白のリネン類があり、既に回収済みの汚れ物もあった。

蜻蛉はその山の後ろに身を隠した。

車は花降楼を離れると、その後何件かの店で同じように搬入と回収を繰り返す。何度も扉を開けられるたび、身が竦《すく》んだ。

そしてようやくすべての品物を納め終わると、車は大門へ向かったようだった。

これで出られる、と息を吐く。そしてぎゅっと縮めていたからだを弛緩させ、伸びをしたそのときだった。

いきなり車が停まった。

かと思うと、扉が開けられる。

もう搬入出は終わったはずなのに、という思いが脳裏を渦巻くあいだにも、懐中電灯で中が照らされた。

「異常ないな」

そして男が言う。多分、出入りするすべての車をチェックしているのだろう。異常なしという言葉を聞いて、蜻蛉はほっとした。見つからずに済んだのだ。

だが、その次の瞬間だった。

「ん？」

男は怪訝《けげん》そうな声を出し、もう一度懐中電灯で奥を照らしてきた。

「何だ？　この黒いのは」

そう言ったかと思うと、男は蜻蛉の髪を掴んだ。長い髪がリネンのあいだから覗いていたのだった。

「こりゃ女郎じゃねーか？　おい」

「……っ」

強く引っ張られ、思わず小さく悲鳴をあげてしまう。

「足抜けだ……!!」

男が振り返って大声で叫んだ。そして蜻蛉の髪を掴むと、そのまま車の外に引きずり出す。荷台から落とされて、蜻蛉は地面に転がった。

「……くッ……」

叩きつけられた痛みに眉をしかめながら、半身を起こす。自分を取り囲む張り番を睨《ね》めつける。

「こいつ……花降楼の蜻蛉じゃねーか?」

「本当だ。こりゃ驚いた。さすが、怖いくらい別嬪《べっぴん》だな、おい。写真しか見たことなかったけど、実物のほうがもっと……」

一人が顎に手をかけてくる。その男の後ろには大門の向こう、娑婆が見えた。

蜻蛉は手を振り払い、走り出した。

「待て……!!」

けれどほんの数歩も走らないうちに、後ろ髪を掴まれる。そのまま容赦なく地面に引き倒された。

からだの側面を擦り、肌にひどい痛みが走る。

(もう、すぐそこなのに……!)

どんなに近くても、手は届かない。

蜻蛉は二人がかりで砂に顔を押さえつけられ、罪人のように手を後ろに回されて荒縄をかけられた。

大門の見張り役の手で、縄をつけられて花降楼へ戻された蜻蛉は、土蔵の座敷牢へと放り込まれた。

座敷牢とは言っても、今では畳は剝《は》がされてしまっている。

その中で、蜻蛉は何度も水桶に顔を漬けられ、割り竹で打擲《ちょうちゃく》されるという折檻を受けた。

そして動けなくなると、逃げ出したときのままの長襦袢一枚の姿で、板の間に転がされた。寒くてからだをさすろうにも、縛られていて自由にならない。そんな状態で、どれくらい時間がたっただろうか。

牢に掛けられた錠前を外す音で目が覚めた。

顔を上げ、格子の向こうを見て、思わず声を上げる。

「綺蝶……！」

「よぉ」

綺蝶は脳天気とも言える挨拶を返してきた。一人ではなく、番頭を従えている。綺蝶は彼に鍵を開けさせると、くぐり戸をくぐり、牢の中へ入ってきた。そのあとでまた番頭が錠を下ろした。

綺蝶は、蜻蛉の傍までやってくると腰を下ろし、覗き込んできた。

顔だけでなく、からだまで舐めるように見て唇で笑う。蜻蛉はそれでようやく意図に気づいた。濡《ぬ》れた襦袢がからだに張りついて、肌が透けて見えているのだ。

はっと顔を背け、無駄に身を隠そうとする。綺蝶は笑った。

「足抜けしようとしたんだって？」

「……っ」

思わず蜻蛉は顔を背ける。

「ばーか」

「な……」

いったい何のために足抜けなどしようと思ったか。当の綺蝶に嘲笑われるのはたまらなかった。

だが、綺蝶は続ける。

「足抜けなんて、そう簡単にいくわけねーだろ。よっぽど綿密に計画練らねーと。あのまましも外に出られたとしても、どうやって見つからずに車から出るつもりだった？　出られたとして、一円の金も持たずにどうするつもりだったんだよ？　そのうえ目立つ紅い長襦袢なんか着て、一目で吉原から逃げてきたってわかっちまうだろうが？」

「……」

綺蝶の言うことは、いちいちもっともだった。ほとんど衝動的に逃げ出したのだ。深く考えることも、事前に調べることも、何もしていなかった。あの程度の計画で足抜けできるなら、今まで数え切れないほどの娼妓が成功していただろう。

綺蝶は、床に倒れたままの蜻蛉の顎を、くいと持ち上げた。

「なんで足抜けしようなんて考えた？」

「……」

「急に身請けが嫌になったのかよ。どうしてだ？」

視線を捉えようとする蜻蛉から、敢《あ》えて逸らす。拘束された身では、それくらいしか抗うことができなかった。

「……おまえこそ……何しに来たんだよ？」

「そりゃあおまえ」

にこり、と綺蝶は笑う。こんなときでさえとても綺麗な笑みだった。

「おまえをいたぶりに来たんだよ」

「いたぶる……!?」

「折檻役を買って出たのさ。平たく言えば、竿師ってこと」

「さ……」

かっと頬が熱くなる。けれどいったい何をされるのかと思えば、背筋が冷たくなるような恐ろしさがあった。

牢の外に控えたままの番頭は、見張り役だったのだ。

「な――なんでそれをおまえがするんだよ……⁉」

「昔からおまえにひどいことしてみたかったからだよ。――知らなかっただろ？」

そんなこと、知るはずがなかった。聞いた今でも信じられないくらいだった。

「おまえ、なんかそういう男の気持ちを、凄え煽《あお》るんだよ」

「……っ」

肩を摑んで引き起こされ、綺蝶に後ろから抱えられるような格好になる。綺蝶は立て膝で蜻蛉の背中を支え、懐から小さな薬包を取り出した。

「何……っ」

顎に手をかけ、指を食い込ませて唇を開かせる。その中に、薬包の中の粉をさらさらと落とし込んだ。そして番頭に合図して、彼の投げてきた銚子の酒を含み、口移しで飲ませてくる。

「ん……ん――ッ」

蜻蛉は必死で首を振ろうとしたが、させてもらえなかった。かっと喉が熱くなる。無理矢理に酒ごと薬を嚥下させられる。咳き込もうとしてもゆるしてもらえず、舌を絡めとられる。やわらかく擦られる感触に、思わずびく、と背中をひきつらせてしまう。押しのけることも、縋りつくこともできなくて。

「……っ、なんだよ、今の……っ」

ようやく解放され、息を乱しながら蜻蛉は叫んだ。

「折檻にもいろいろあるからね。わかるだろ？　廓育ちなら」

「おま……何考えて……っ」

「鷹村が相当頭来てるみたいでね——。今度のことの前からずいぶん滅茶滅茶やってたろ、おまえ。いくら売れっ妓だからって、我が儘が過ぎる、腹に据えかねる。——だから」

綺蝶は目を合わせてくる。

「男の味を教えてやれってさ」

ぞく……と背筋を震えが駆け上った。けれど後ずさろうにも、しっかり捕まえられて、それもできない。

「……そんなの今さら……っ」

「識《し》ってるって？」

「……っ、何年色子やってると思ってんだよ……っ」

「客で感じたことあんの。……まあ、そりゃそうか。こう……されたりして」

てのひらが襦袢のあわせ目にすべり込んできた。かと思うと、胸の粒をきつくつまみ上げる。

「あう……」

思わず声が出た。そのうえ指が離れると、ほうっと息を吐いてしまう。

「……効いてきた？」

くす、と綺蝶は笑う。蜻蛉は首を振った。

綺蝶はうなじに口づけ、耳を噛むようにして囁いてくる。

「じゃあここが……襦袢の上からでもはっきりわかるくらい尖《とが》ってるのは何故？　キスで感じた？　……そういや前にしたときも、立ってられなくなってたっけな？」

「あぁ……ッ」

布越しに指先で潰され、きゅんと甘い感覚が突き上げてくる。声が押さえられない。どうして、と思う。弄《いじ》られるのが好きな場所ではなかった。

「や……めろよ……っ」

息があがる。本当に効きはじめているのかもしれなかった。硬く粒になっているのがわかる。乱れた姿を晒《さら》すのが嫌で、必死で抑えようとする。番頭の視線も気になった。

綺蝶は胸に唇をつけてきた。布の上から尖りを食《は》む。唇で挟み、舌先でそっと濡らす。

「あ……あぁ……ん、ッ……」

それだけのことで、ぞくぞくしてたまらなかった。何度も嬲《なぶ》られ、頭が朦朧《もうろう》としはじめる。そんな中で、綺蝶は客にもこんなことをしてやっていたのだろうかと考えた。

「あぁ……っや」

もう片方に吸いつかれ、声をあげずにはいられなかった。最初のと同じように嬲りはじめる。布を濡らして舐め、吸い上げてこりこりにして歯を立てる。

「……あア……ッ」

放っておかれたほうの乳首が、たまらなく疼《うず》きだしていた。同じようにして欲しい。そう思ってしまう自分を恥じた。手が自由なら、自分でふれてしまっていたかもしれない。

「あ、んッ……」

「……脚が開いてきたじゃないか」

囁かれ、はっとする。立てた膝はいつしか緩み、裾の合わせめには隙間が出来ている。

「下も弄って欲しい？」

「……いや……だ」

細い声で答える。

綺蝶はその言葉にわざと逆らうように、裾に手をかけてきた。

「やっ……」

思わず押さえようとする。でもからだに力が入らなかった。長襦袢を捲られ、そればかりか膝まで開いて覗き込まれて、眩暈がするほど羞恥《しゅうち》を感じた。

「へえ……」

「見……るな……っ」

「こんなにしてたのか」

「見るなって言ってるだろ……!!　……っ……」

膝から床へ下ろされ、髪が板の間に広がる。顔を近づけて観察される。吐息がかかるだけで息が乱れ、もう自分でも何がどうなっているのかよくわからなかった。最初は気になっていた番頭の視線も、ほとんど意識に上らなくなっていた。

その狭間へ指がすべり込んでくる。先端にふれられると、ぬるりとした感触がある。そのぬめりを掬《すく》いとるようにして、綺蝶は茎を裏側へたどった。

「あぁ……!　ん……っ」

孔にふれられ、びくん!　とからだが跳ねた。

「……疼く?」

囁かれ、激しく首を振る。

「その割りにはひくついてるじゃねーか」

ぬるぬるした指先が襞をたどる。そのぬめりはどんどん強くなるような気がする。自分自身が溢れているのだとは、認めたくないのに。

「あ、ん……ん……っ」

上から覗き込んでくる綺蝶から、一生懸命顔を逸らす。

「も、や……」

「可愛いね。……きゅっと小さくて窄《すぼ》まってる」

「変態……っ」

「そういうこと言う？」

指先がずぶりと突き立てられてきた。

「んッ、あぁ……ッ——!!」

蜻蛉はきゅうっと背中をしならせた。よく濡れていたためか痛みはなかった。ただ中を擦られる快感だけが貫いてきたのだった。

イク、と思った。けれど一瞬早く、綺蝶の手が前を握り締めてきた。

「……あぁあっ……っ……」

堰《せ》き止められる苦しさに涙が滲《にじ》んだ。睨めつけると、綺蝶は笑っている。

「気持ちよくしてやるだけじゃ、折檻になんねーだろうが？」

「この……っ、あぁ……！」

指がぐるりと中を掻《か》き回すようにして抜き取られた。

途端に道をつけられたところが疼き出す。じっとしていられず、蜻蛉は何度もそこを虚しく引き絞った。

「……綺蝶……」

喘ぎに混じり、縋るように名前が零れ落ちる。

「……抱いて欲しい？」

朦朧としたまま、つい頷きそうになり、蜻蛉は首を振った。

「強情張るんじゃねーよ。イキたいんだろーが」

「……あ……」

ぼうっと潤《うる》んだ目で綺蝶を見上げる。意地悪く、楽しげともいえるようだった綺蝶の表情は、少し違うものになっていた。

綺蝶は言った。

「……行くな、って言えよ」

「……っ……」

「俺がいないと寂しいって……言ったらイかせてやるよ」

行くな、と──心では何度言ったか知れない。けど。

涙が滲みそうな目を、ぎゅっと閉じ、蜻蛉は首を振った。

何度も首を振り、かたつむりのようにまるくなる。込み上げてくる衝動に耐える。

「言えよ」

綺蝶に顎を持ち上げられただけで濡れた。茎を雫《しずく》がつたうのがはっきりとわかる。それでさえ刺激になって小さく喘ぐ。弄られてもいないのに濡れた声をあげてしまいそうで、きゅっと唇を嚙む。

すぐ傍に綺蝶のかたちのいい唇がある。キスして欲しい、と思った。

「言えよ、楽にしてやるから」

その声は、凄い誘惑だった。蜻蛉は必死でそれに抗い、首を振った。

「しょーがねーなぁ……だったらもっと苛《いじ》めないと」

綺蝶が皮肉な顔で笑う。髪の毛を摑んで蜻蛉を引き起こす。

綺蝶は壁にもたれて立ち、自身を蜻蛉の口許に突きつけた。蜻蛉はかっと頰を赤らめる。顔を逸らそうとするのを許さずに命じた。

「舐めろよ」

「……っ」

「できるんだろ？　テクなしじゃないって前に威張ってたもんなぁ？」

屈辱に睨みつけながら、じわりと涙で曇ってくる瞳は、はっきりとは綺蝶の表情をとらえることができない。

瞼を伏せ、唇を寄せる。舌を出して先端をぺろりと舐める。その舌で感じる感触は、熱があるみたいな熱さだった。

「そんなおずおずやってどーすんだよ？　得意なんだろ？」

「……るさい……っ」

蜻蛉は茎からしゃぶりはじめた。先端まで横笛を吹くように何度もたどっていく。そして口に含んだ。すっぽりと包み込んだまま喉で締めつけて。

「……ッ……へえ……思ったよか上手《じょうず》じゃねーかよ」

少し掠《かす》れた声で綺蝶が言った。

喉の奥までくわえるたび、下腹にぞくっときた。薬のせいなのか、綺蝶だからなのだろうか。客相手には、こんなふうになったことはない。まるで挿入《い》れられてるみたいに疼いて、ひとりでに腰が揺れた。

「ん、ん……ん」

くぐもったような声が漏れる。内股を幾筋も雫がつたうのがわかった。

「……客の誰に習った？」

と、綺蝶は聞いてくる。けれど答えられるわけもなかった。そんなの、もう忘れた。

ふいに綺蝶が髪を摑んでくる。そして頭を固定したまま、奥まで突き込んできた。

「ぐっ……」

吐きそうになったけれども、綺蝶はやめてはくれなかった。何度もそれを繰り返す。そしてふいに引き抜いたかと思うと、あたたかいものが頰にかかった。

汚されて、蜻蛉は呆然と綺蝶を見上げる。

けれどこれで終わりではなかったのだ。

綺蝶は床に蜻蛉を押し倒したかと思うと、後ろから覆《おお》い被さってきた。そして押しあて、奥まで一気に貫いてくる。

「んッあぁぁぁ……っ」

舐めて濡らしたせいか、薬のせいか、そんなふうにされてもあまり痛みはなかった。ただ、ずっと欲しかった感触が奥まで届いていて。

それだけで昇りつめそうになる茎を、綺蝶が握り締める。

「あ……や……っ」

腰だけを高く掲げさせ、動き出す。快感を探り当てるような緩い動きだった。

「……中で感じるだろ」

「うッ……うッ……」

押し出されるように呻《うめ》きが漏れる。おかしくなりそうだった。無理矢理快感を引き出されるような感じだった。

けれど何度も達しそうになりながら、いかせてはもらえない。

「あ、あ、あ……!」

突かれるたび、悲鳴のような声が漏れた。雄に中を掻き回されるのが、こんなに気持ちいいなんて思ったこと、なかった。

「……っかせ……」

蜻蛉は無意識のうちに口に出していた。

「だったら、ほんとのこと言えよ。俺がいなくなったら寂しいって。ずっと一緒にいたいって——言えよ」

「……」

快楽に負けて、蜻蛉はついに呟いてしまう。

ずっと一緒にいたい。

無理矢理言わされたそれは、けれど本心でもある。口にした途端、涙が溢れた。

そのとき、綺蝶は微《かす》かに笑ったようだった。

キスが降りてくる。戒《いまし》めた手が緩む。

唇をほどくように舌先でなぞられ、絡められた舌を吸い上げられた瞬間、蜻蛉は一気に昇りつめていた。


眠り込んで次に目を覚ましたときには、綺蝶はもう花降楼にはいなかった。

（行くなって言わせたくせに）

別れの宴は恐ろしく華やかなものだったという。関わりのある芸者は皆呼ばれ、馴染み客のほとんどが顔を見せて、座敷に入りきらないほどだった、と。

そのあいだ、折檻で疲れ果てていた蜻蛉は、ずっと眠っていた。

（……別にいいけど。そんなの出たくなかったし）

自棄《やけ》のように呟いてみる。

半ば意識を失うようにして眠っていたとはいえ、別れも告げずに綺蝶が去ってしまったことは、蜻蛉にはひどい衝撃だった。信じられなかった。こんなふうに二度と会えなくなるなんて。

それを聞いた途端、なんだか力が抜けてしまった。もう何もかもどうでもいいような気持ちになった。身請けでも何でも好きなようにしろと思う。どのみち、足抜けに失敗してからずっと部屋の外には見張りがいるのだ。逃げられるわけもなかった。

立ち上がる気力すらなく、ぼんやりと部屋に座っている。

（本当に責め殺してくれればよかったのに）

だけど今さらそんなことを思っても、どうにもならない。

蜻蛉が足抜けしようとしたと知ってなお、岩崎は身請けの話をなかったことにしようとはしなかった。

蜻蛉は最初の予定通りの日程で、彼に身請けされていくことになった。

もう部屋もすっかり片づいて、最初から調度として置いてあった家具以外のものは、既にほとんどなくなってしまっている。何もないと、ひどく寒々しかった。

（あと、これだけ）

手の中にあるのは、綺蝶からもらった簪だ。

とうとうあれ以来一度も挿したところを見せてやることはなかった。

（一度ぐらい見せてやればよかった）

もう、そんなことを思っても遅いけど。

顔を上げれば、鏡には生気のない顔をした自分が映っている。それを見て、ふと蜻蛉は挿してみようか……と思いついた。

鏡台に向かい、髪を梳《と》かす。性のいい黒髪は、最初からあまり縺《もつ》れてはいない。梳かし終えると、頭の上のほうで括《くく》ろうとする。けれどさらさらと手の中から零れて、なかなか上手《うま》くいかなかった。いつも新造たちが綺麗に結い上げてくれるのが嘘のようだった。

——不器用だな
そう言って笑った禿のころの綺蝶の声が耳に蘇る。

——結ってやろっか？

断っても綺蝶は勝手に櫛を取り上げて結いはじめたものだった。

——ほんと、綺麗な髪、してるよな。これ、伸ばすともっと綺麗になるぜ。きっと

——……あとでおまえのもやってやろうか

——んー。やっぱいいや。おまえ下手《へた》だもん

——悪かったな……！

——ま、いーんじゃねーの？　お姫様はなんにもやらなくて

思えばあのときが「お姫様」なんて呼ばれた最初だったのではないかと思う。

（……そうだよ。あいつが甘やかすから）

たかが髪を結うくらいのことも、一人じゃできないままで。

じわりと涙が浮かんでくる。鏡の中の蒼白い自分の頬に、一筋零れはじめると止まらなくなった。胸が押し潰されるように痛くなって、ぼろぼろと溢れてくる。簪をぎゅっと握り締める。

ずっと同じ見世に暮らして、反目しあっていたとは言っても、こんなふうに離れるなんて思わなかった。こうなることは知っていたけれど、わかってなどいなかった。

（でも……あいつにとってはこれでよかったんだから）

いくら娼妓《しょうぎ》の暮らしが嫌いじゃないと言ったって、家に帰れるのなら帰ったほうがいい。せっかく家と家族ができるのに、それを振り捨てて遊廓《ゆうかく》などにいるよりは。

（……だけどずっと一緒にいたいって言ったのに）

最後の最後に無理矢理引き出された、蜻蛉の本心だった。

あんなに一生懸命言わせようとしたくせに、綺蝶はやっぱり言わせただけで、何も聞いてはくれなかった。それともっと早く素直になっていたら違ってたんだろうか？　そう思うとまた涙が零れた。鏡に映る自分自身を見ているのも嫌で、目を逸らしてうつむいた。

「相変わらず下手くそだねー？」

そのときふいに背中にかけられた声に、蜻蛉は顔をあげた。

鏡の中に綺蝶の姿を見つけ、はっと振り向く。

「き……綺蝶……!!」

濡れ縁に腰掛け、ひらひらと手を振っている綺蝶がいた。もう色子の仕掛けは纏《まと》っていない。むしろ遊客らしい派手なスーツに身を包み、髪は短く切ってしまっている。そんな別人のような姿に、どきりとした。

「な……なんで、どうやって」

簡単に入ってこれるわけがない。部屋の外には見張りがいるのに。

「俺を誰だと思ってんの？　十年もここにいたんだ。忍び込むぐらい朝飯前だって」

ここから来た、と親指で後ろを指す。

「窓から⁉」

「そ。縄梯子《なわばしご》で。ナイスタイミングだったかなあ……お姫様の涙が見られて」

綺蝶はひょいと濡れ縁から降りた。そして蜻蛉を覗き込んでくる。慌てて袖で頬を拭い、顔を逸らすと、綺蝶は笑った。

そして鏡台の上に置いてあった櫛を取り、蜻蛉の髪を梳《けず》りはじめる。その懐かしい感触に、また涙ぐみそうになった。……四年前、何故《なぜ》これを自分から手放そうとなどしてしまったんだろう。つまらないことで怒って。

「ひさしぶりだ。この髪にさわるの」

と、綺蝶は言う。同じことを考えていたのかと思う。

「……このまえさわっただろ。さわったっていうか摑んで」

「ああ、あれはねえ……悪かったよ」

座敷牢で折檻されたときのことを言えば、綺蝶は苦笑する。

「まったくだよ……!! いくら見世から言われても、あ……あんな」

あの夜の一連のことを思い出して、かーっと頬が熱くなる。

「悪かったよ、ひどくして」

と、綺蝶は言った。そして、ちらと笑う。

「でもちょっと楽しんだな」

「ちょっと!?」

あれだけのことをしておいて、ちょっとなのかと思わず鸚鵡返《おうむがえ》しにする。突っ込むべきはそこではない気はしたのだけれど。

「いやいや、かなり。――おまえもじゃねーの？」

「！　な……何言ってんだよ!?　あんなことしておいて……！」

真っ赤になって怒鳴ると、綺蝶はまた笑った。そしてふいに真顔になって、

「他の男にやらせるぐらいなら、俺が犯ろうと思ったんだよ」

「え……」

「ほら、それ」

今なんて？　と聞き返す言葉を、綺蝶は流す。それ、と言われたのは、手にしっかりと握ったままだった簪だった。

「あ、こ……これは」

鏡の中で、赤くなっていた頬がますます真っ赤に染まっていった。綺蝶はにやにやと笑っている。思わず睨みつけてしまう。

「いいだろ、別に……!!　おまえだいたい何しに来たんだよ!?」

何のつもりか、何かのついでだったとしても、会えて嬉しいけど。挨拶もなしに別れてしまわないで済んで。

けれど綺蝶は言った。

「お姫様を攫いに」

「え……？」

聞こえた瞬間、頭が真っ白になった。耳を疑った。

「な——今なんて？」

「攫いに来たって言ったんだよ、おまえ、おまえを」

「な……何言ってるんだよ⁉　おまえ、いい家に引き取られたんじゃなかったのかよ？　俺なんか攫ってどうするんだよ？」

「そりゃ囲うんだろ、当然」

「囲う……⁉」

思わず声をあげてしまう。綺蝶に囲われるなんて、考えたこともなかった。

「そう。おまえを囲い者にして、夜な夜なベッドの相手をさせるんだよ」

「何バカなこと……っ」

綺蝶は笑った。

「囲い者云々はともかく、ベッドの相手は本気だぜ」

「だから何バカなこと言ってんだよ⁉　家の人が許すはずないだろ……‼　それに……俺は明日には岩崎さんとこへ行くことになってるし……」

「岩崎……ね。行きてーの？　あんな目にあってまで足抜けしようとしたくせに」

「い……行きたいわけないだろ……‼　……でも、今さらどうにも……」

「だから攫いに来たんじゃねーかよ」

その言葉を聞いた瞬間、また涙が出そうになった。

「だ……だって、おまえ前と言ってることが違う……！　身請けされたほうがいいって
……適当な誰かに囲われて、お大尽暮らしさせてもらえって言ってたくせに……！」

「あのときは、そのほうがおまえはしあわせかもしれないって思ったからだよ。俺が囲うってわけにいかなかったし、約束どおり一緒に娑婆へ出たとしても、いい暮らしがさせてやれるかどうかもわからなかった。誰かに狙われてるってわかったときでもあったし、おまえが色子の仕事、嫌いなのも知ってたからさ。早く出ていけるならそのほうが……」

「ばか……！　早く出られたってそんなんじゃ……っ」

だけど綺蝶が約束を覚えていてくれて嬉しかった。とっくに忘れられたかと思っていた。そりゃそうだろ、と綺蝶は笑った。胸に込み上げてくるもので声が詰まる。いい暮らしなんかできなくてもよかった。最初は何もできなくても、普通の仕事も家のこともきっと一生懸命覚えた。一緒に大門を出て、一緒に暮らせたら、それだけよかったのに。

「とりあえず、攫ってく」

と、綺蝶は言った。手順を踏んでる時間はもうないから。

「後のことは見世にも岩崎にもなるべく傷が浅く済むように、俺が考えるから。長いことこの見世にも世話になったんだ。できるだけ不義理にならねーようにするって、約束する」

「で……でも……っ」

見世のことは、綺蝶なら上手く処理できるのかもしれない。でも、家のことは。

「祖父《じい》さんのOKなら、もう取った」

「え……!?」

名家の当主が、色子を家に連れ込むことを許可するとは、とても思えなかった。

「嘘だろ、そんなの……!」

「本当だって。……家柄とか名誉とか、そういうもんにこだわって、昔一人娘を亡くしてるだろ？　それから二十年一人で暮らしてきて……つくづくバカらしくなったんだってさ。俺が祖父さんに引き取られる条件におまえのことを出すんなら、飲むって。何しろ隠しようもなく色子あがりの孫を引き取るって言うんだから、肝は据わってるよな」

「で……でも」

承知してくれたというのは、けれど当然ながら嫌々承知した、ということだ。迷惑なのではないかと——当然迷惑だろうと思わずにはいられなかった。

「それにこうも言われた。大事なものっていうのは、失ってから気づいても遅いんだって。使い古された言葉だけど、実感こもってるよな」

「——……」

そう言われると、言い返せなくなった。綺蝶を失いたくなかった。もう二度と離れたくなかった。せっかく迎えに来てくれたのに、この手を離したら、今度こそ最後だ。

「……いいのかよ、本当に？」

「俺がこうして迎えに来て、頭下げて頼んでるんだよ。お姫様なんだからさ、偉そうにしてたらいいいよ」

そう言って綺蝶はにっこりと笑った。なんだかまた涙ぐみそうになる。

蜻蛉の手から簪をとり、結い終わった髪に挿す。

「ほら、出来た。やっぱよく似合ってる」

鏡の中には、頭に金細工の蝶を留まらせた自分がいた。似合うかどうかは自分ではよくわからないけど、簪はとても綺麗だと思う。

綺蝶は立ち上がり、手を差し出してきた。

「行こうか」

「でも、大門は……」

大門には見張りがいる。彼らに見つかって、蜻蛉は足抜けに失敗したばかりなのだ。

「大丈夫。さっき差し入れしといたから、今頃みんな眠ってる頃だろ」

「差し入れって……」

「睡眠薬入りの饅頭」

思わず口を開けてしまう。

食べるところまで見届けたから大丈夫、と綺蝶は言った。普通なら役目中に差し入れなど食べない見張り役たちも、長年の顔見知りには気を許してしまったのだろう。というより多分、綺蝶が上手く誘導したのだ。

「詐欺師……！」

「バカ。足抜けするならこれくらいは当たり前だっての」

おまえと違う、と暗に言われ、ちょっと膨れてしまうけれども。

すぐに吹き出した。

差し出される綺蝶の手を取る。

窓を越えようとして振り返ると、込み上げてくるものがある。

色子の仕事にも遊廓の暮らしにもなじめないと思っていたけれど、もう二度と戻ることはないのだと思うと、しみじみと懐かしかった。

——ほら、大門の向こうが見える

その耳に、蘇ってくる声がある。

——年季があけたらさ、一緒にあの門を出て行こう

子供の頃に綺蝶と交わした約束の言葉だった。

夜が明ける少し前に着いた北之園家は、広い敷地に建つ大きな屋敷だった。和風――それも寝殿造りを思わせるようなつくりをしている。車を降りて見回し、本当に大金持ちなんだ、と思う。

案内されたのは、風雅な庭の見える対屋の一室だった。

俺は屋敷の中でここが一番好き、と綺蝶は言った。

出してもらった浴衣を着て風呂から上がると、綺蝶も浴衣を着て褥で待っていた。

腕で布団の端を捲り、

「こっちへおいで」

と招く。

「旦那ごっこ。一回やってみたかったんだ」

「ばか」

と言いつつ、照れを憮然とした表情で押し隠して、蜻蛉は綺蝶の横に添い寝した。綺蝶は上げていた布団を下ろし、蜻蛉をくるみ込む。

綺蝶の祖父への挨拶は、彼が起きてからということになる。

「それまで少し眠っとく？」

「そうだな……って、この手は何だよ」

腰に回ってくる手を指摘すると、綺蝶は笑った。そのまま覆い被さるように抱き締める。

少し反らした蜻蛉の顎を啄み、キスしてくる。少し唇を開いて受け入れた。

戯《たわむ》れるようなものから、少しずつ深くなる。蜻蛉は気がつけば、腕を綺蝶の背中に回していた。ぎゅっと抱き締める。しっかりしたあたたかいからだの感触と重みが心地よかった。何度もキスした。

「……なんか変な感じ」

やがて唇が離れると、吐息をつきながら口にする。

「ん？」

「こうやって……ちゃんとするのが」

このまえが座敷牢の折檻絡みで、最初のも無理矢理だったから。

綺蝶は苦笑した。

首筋に口づけながら、蜻蛉の浴衣の帯に手をかけた。習慣で胸高の前結びにした拙《つたな》い結び目を解く。てのひらがすべり込み、脇腹や胸を撫でていく。蜻蛉はぞく……と背をしならせた。

「あ、そこ……」

乳首を嚙まれ、嫌、と小さく声を上げる。

「いや？　けっこう感じてたと思ったけど」

「でも……」

だから嫌なんだ、とは言えずにじっと睨んでいると、なだめるようにもう一度キスしてきた。しっとりと包んで、すぐに離れる。

「――キスは嫌じゃないんだ？」

「……うん……」

素直に答えたものの、照れてうつむいてしまう。それを掬いあげるようにまた口づけてくる。舌が深く絡む。上顎から歯列までたどられる。舌の擦れあう感触に、夢中になって応えた。

「ん……ん」

キスだけでぞくぞくしてたまらなかった。いつのまにか蜻蛉は膝を立て、誘うように綺蝶の腰を強く挟み込み、太腿を擦りつけていた。

「何、もう挿入ていいの……？」

揶揄《からか》うように綺蝶が聞いてくる。

無意識にそんなしぐさをしていたことが気恥ずかしく、真っ赤になる。でも、愛撫よりも早く綺蝶と一つになりたいと思う気持ちがある。

「ばか、聞くなよ……っ」

綺蝶はちょっと笑った。

おとなしく褥に仰臥するうちに、膝を掴んで開かれ、冷たいものが塗りつけられる。指で中まで入れられる。わずかに眉を寄せてしまう。

そしてすぐに熱い塊が押しあてられ、ずっ……と突き立てられてきた。

「ん……っあぁぁ……」

貫かれる感触に、それだけで軽く昇りつめそうになった。からだの中が、このごろひどく感じやすくなっているような気がする。座敷牢で抱かれたあのとき以来だ。

「……大丈夫？」

「んっ……」

綺蝶は確認するように聞いて、ゆっくりと動き出す。浅いところから抜き差ししながら次第に深く抉っていく。

蜻蛉は背中にぎゅっと腕を回して、その動きに耐えた。

「……あ、あ、あぁ、……っ」

また浅くなると、追いかけるように腰をくねらせてしまう。

「……奥がいいの？　こう？」

「っあぁぁ……っ……！」

奥まで突き入れられて、せつないくらいの快感を覚えた。綺蝶は深く入れたまま、胸に唇を落としてくる。

「あ、や……っ」

びくん！　と電流みたいな痺れが走り、思わず喘いだ。

「そこ、……やだ……って」

「誘うみたいに尖ってたからさ」

「あっ、あん、……あん……！」

奥まで入れられたままで乳首を嚙まれると、おかしくなるくらい感じた。自分のものとも思えないような甘えた声が漏れる。

「……中がビクビクしてる。凄ぇ、締まる……」

わずかに掠れた声で綺蝶が言った。

「自分で、わかる……？」

「……っバカ……ぁっ、……やらしーこと……」

言うな、と咎《とが》めながら、綺蝶の少し乱れた声と息づかいは艶めいていてどきどきする。

自分の中で感じてくれてると思うと、嬉しい。

腹のあたりが、自らの零した蜜でどろどろになっているのがわかる。

奥深くに納まっていたものが、またゆっくりと動き出した。

「あぁぁ……っ！」

搔き回されるたび溢れてくる感じだった。

「あ……綺蝶……っだめ」

「だめ、ってココが?」

言いながら、また掻き混ぜる。

「あ、だめ……!　あっ、あっ――!」

両腿で綺蝶の腰を挟みつける。けれどそんなことでは動きを緩ませることはできなかった。少しずつ早く、深くなっていく。

「あ、あ……イッ……」

気持ちよくて、思わず口走る。中のものをきゅうきゅうに締めつける。

「……ッ」

綺蝶が上で小さく息を詰めた。からだの内部に熱く注ぎ込まれ、濡らされた瞬間、蜻蛉もまた自身を解き放っていた。

一瞬、意識が飛ぶ。

そして瞼を開けると、覗き込んでくる綺蝶と目が合った。誘われるように唇を寄せると、また塞がれる。余韻をわかちあうように何度も舌を絡めた。

「あ……ばか」

中でぴく、と大きくなるのを感じて、思わず呟く。

「……きりがないだろ……っ」

「おまえが締めつけるから」

「な……」

「ほら、こうしたら吸いついてくるから……」

「んん……！」

軽くキスされ、少しだけ舌を吸われる。それにあわせるように中が締まるのが自分でわかって、蜻蛉はかーっと全身が熱くなるのを感じた。

「ま、いーじゃん。時間はまだたっぷりあるんだからさ」

綺蝶はそう言ってまた唇を落としてくる。

蜻蛉はそれに応えながら、彼の背中をぎゅっと抱き締めた。


「……けどそういうことで怒ってたとはねー……」

何度目かの行為が終わって、ようやく落ち着いたあと、布団の中でじゃれながら会話する。四年前、蜻蛉が突然怒って花瓶を割ったのは東院とのことを見てしまったからだという話を、無理矢理白状させられたのだった。

綺蝶は綺蝶で、あのとき水揚げ前の蜻蛉を犯した理由を話してくれた。

——大事に大事にしてきたのに

と、綺蝶は言った。

――どうせ余所《よそ》の男に水揚げされて犯られちまうもんなら、俺が、って思ったんだよ。それまでは、手ぇ出しちゃまずいって抑えてたんだけどな。おまえが大っ嫌いとか言うもんだから、なんか切れちまった。おまえ、口きいてくれなくなるし、後悔したけど
でも蜻蛉が本当に引っかかっていたのは、そんなことではなかったのだ。その前に見た、東院との睦《むつ》み合いのほうだった。

「気づかねーはずだよ」

色子が男に抱かれるのなんか当たり前だ。そんなことで怒るなんて、綺蝶は思ってもいなかったのだろう。しかも水揚げから数カ月もたってからのことだった。

「悪かったな……！」

自分でもくだらないとわかっていたから言えなかったのだ。溝が深くなって、時間がたてばたつほどますます言えなくなった。

「愛してる、なんて客に言うの、基本中の基本じゃん？」

と、綺蝶は言う。

「お姫様は言ったことねーの？　もしかして」

「……」

「へ？　ほんとに？」

沈黙で肯定すると、綺蝶は心から呆れた顔をした。

「それでよく三年も俺とお職争いやれてたね、おまえ。まあこの顔だもんな。まったく顔が綺麗だってことは……」

ため息をつきながら、蜻蛉の頬にふれる。

「悪かったな、それしか取り柄がなくて」

憮然と蜻蛉は言った。

「……おまえも……俺の顔が好きみたいだけど、いつまでもこのままでいられるわけじゃないんだからな。これからどんどん老けるし、醜くなるんだから……」

そのときになって、綺蝶が後悔しないといいと思う。

「バーカ」

と、綺蝶は言った。

「ただ美人なだけだったらもう見飽きてるよ。俺だけじゃなくて、客もな。おまえ、けっこう感情が顔に出るし、そういう表情込みで可愛いんだよ。だから老けたっていい。……それともおまえ、俺が顔だけで十年も惚れてると思ってる?」

「十年……惚れてる?」

その言葉を思わず繰り返す。ぽっと顔が紅くなるのが自分でもわかった。

綺蝶が唇を寄せてきて、ふれるほど近くで言った。

「好きだよ」

そのままキスが降りてくる。軽く啄《ついば》んで離れる。嬉しくて、胸が締めつけられるように痛い。

「――なあ、そういえば」

「うん？」

「客に愛してるって言ったことないってことは、俺に言うのが第一号ってことになるんだよな？　言ってみて？」

浮き浮きと綺蝶はそう言った。蜻蛉はぐっと詰まる。

「な、言えってば！」

言って言って、と綺蝶は催促してくる。

「うるさいなっ、俺はそんな、おまえみたいに軽々しく言えないんだよっ」

「そうだよ。だから価値があるんじゃんか。――な？」

茶色い瞳でじっと見つめてくる。

それが凄く澄んでいて綺麗で、とても逆らえなかった。

蜻蛉は唇を開き、初めてその言葉を口にした。

あとがき

こんにちは。または初めまして。前回の本から買ってくださってるかたもいらっしゃるでしょうか？　ありがとうございます。鈴木《すずき》あみです。遊廓《ゆうかく》第二弾です。ひゃっほう！（……。）

第二弾といっても主人公を変えてのお話ですので、第一弾を未読の方にも安心して読んでいただけます。どうぞよろしくね。そんでもってよかったら一冊目も読んでね（笑）。…っていうか、別の意味でアレな話ですみません…。

ともかくも紅い長襦袢《ながじゅばん》です。紅殻格子《べんがらこうし》です。それにくわえて今回は（てゆーか建物は同じなので前回から）襖《ふすま》とかも紅くしてみましたが如何《いかが》？

綺蝶《きちょう》×蜻蛉《かげろう》は期待してくださる方が多くて、お手紙やメール、書き込みなどいただいてとても嬉しかったです。私も好きなキャラでしたので、苦しいながらもるんるんと書きました。このあと毎日「今日も可愛いね」とかバカ言ってそうで（笑）、そういう話とかもっと書きたかった。…のですが、ある意味で読者様には凄い特殊な話だったかもしれません。楽しんでいただけましたか？

ご感想など、お聞かせいただければ嬉しいです。

イラストを描いてくださった樹《いつき》 要《かなめ》さま。今回も本当にどうもありがとうございました。カラーの刷りだしやラフを送っていただいて、毎日眺めています。滅茶滅茶綺麗で華やかで、見ていると顔がにやけてとまりません。うさ結びとか屋根のシーンとか、超可愛くてもう…！　それなのにたくさんご迷惑をおかけしてしまい本当に申し訳ありませんでした。しかも制作過程を思いっきりさらすようなことにもなってしまって、大変恥ずかしくも申し訳なく…（涙）本当にすみませんでした。

担当のYさんにも、大変ご迷惑をおかけして申し訳ございませんでした。心から反省しております。次こそはきっと（涙）。でも続けて色物を書かせてくださってありがとうございました。とても嬉しかったです。

もしかしたら、だいぶ先になりますが、来年遊廓三冊目が出させてもらえるかも？　です。そのときはまた、よかったら読んでやってくださいね。

それでは。

鈴木あみ

Hanamaru Bunko

作家・イラストレーターの先生方へのファンレター・感想・ご意見などは
〒101-0063 東京都千代田区神田淡路町2-2-2
白泉社花丸編集部気付でお送り下さい。
編集部へのご意見・ご希望などもお待ちしております。
白泉社のホームページはhttp://www.hakusensha.co.jpです。

白泉社花丸文庫
愛《め》で痴《し》れる夜の純情

2004年10月25日 初版発行

著者 鈴木あみ ©Ami Suzuki 2004
発行人 三浦 修二
株式会社白泉社
〒101-0063 東京都千代田区神田淡路町2-2-2
電話03(3526)8070(編集) 03(3526)8010(販売)
印刷・製本 図書印刷株式会社
Printed in Japan HAKUSENSHA ISBN4-592-87411-0
定価はカバーに表示してあります。

●この作品はフィクションです。
実際の人物・団体・事件などにはいっさい関係ありません。